死体検死医

上野正彦

角川文庫
11567

JN263586

死体検死医

上野正彦

角川文庫
11567

死体検死医

目次

1　逆さの視点――死から生を見る

私は医者である。しかし、人の病気は治せない。

専門が法医学だからである。変死者の検死や解剖をしたり、事件の鑑定などをする監察医を長いことしていたので、生きた人には縁がなかった。

ものいわぬ死体を丹念に観察していくと、「病気で死んだのではない。殺されたのだ」などと、死体自らが真実を語り出すことがある。

その死体の声を聞き、生前の人権を擁護し、社会秩序を維持するのが監察医であり、法医学である。つまり、死体のお医者さんなのである。

現在は現役を退いたが、事件が発生すると報道関係者からコメントを求められたり、テレビのワイドショーなどで、現地リポーターをやらされたりする。

警察の捜査はこれからなのだが、マスコミは待ったなしである。

凶器は、犯人像は、そして単独犯か、複数犯かと矢継ぎ早の質問に閉口する。知り得た数少ない情報から、法医学的見解を一般論として述べるのだが、後日犯人が逮捕されると、真相は明らかになるので、いい加減なコメントは許されない。

バラバラ事件などでは、死体すら見たことがない人々が、コマ切れになった人体と知らされるわけだから、驚くのは当然である。さらに乳房や外陰部も切り取られ、男か女かもわからない。そのむごたらしさから、犯人像は残忍で怨恨《えんこん》のからんだ変質者だろうと推理され、報道される。

しかし私はそうは思わない。

犯人の保身の心理が、そうさせていると推理する。

つまり犯人は人を殺しておきながら、自分は警察に捕まりたくない。助かりたい。そのために必死になってバラバラにする。そうすれば運びやすいし、捨てやすい。さらには遺体は誰なのか、年齢も性別すらもわかりにくくなる。

被害者の身元がわからなければ、加害者である自分に捜査の手は及ばない。だから、かくれみのとして、死体をバラしているのである。

しかし、女が一人で短い時間に、このようにバラバラにできるのかという質問が、たびたびある。

できるか、できないかではなく、やってしまわなければ、自分が捕まってしまう。火事場の馬鹿力なのだと私は答える。

三十四年間、警察官と一緒に事件に深くかかわってきた体験からの意見だから、説得力がある。

たしかに怨恨は、殺しの動機にはなっている。許し難い屈辱を受け、その怨《うら》みを晴らそうと、殺人事件が起こることは多い。しかし殺人が行われてしまえば、行動はそれで終わりなのである。あとは、その死体をどうやって、わからぬように処分すべきかを、焦りの中で考え、結果としてバラすことになったのである。

死んでいるのにも拘《かかわ》らず、怨恨のために死体を切り刻んでいるのではない。また死体を切り刻むことに快感を感ずるようなケースは、稀《まれ》である。

事件は人生ドラマそのものなので、医学以外に多くのものを学びとることができる。

たとえば、父親の子殺し事件などでは、考えさせられることが多い。

若い父親の場合と、年老いた父親のケースを対比すると、動機の違い、人間性の違いの大きさに驚く。

遊興費がかさみ、サラ金に手を出し返済に困って小学生の娘に多額の生命保険をかけ、山中で絞殺。しかも誘拐《ゆうかい》されたように偽装し、おまけに捜索願まで出して完全犯罪を装った事件があった。

あるいは愛人ができ、新しい生活をしたいがために、邪魔になる妻子を殺害。証拠を隠滅し、アリバイ工作などをして完全犯罪を目論《もくろ》んだケースもあった。

このように若い父親の子殺しは、その背景に金や女が絡んでいるケースが多い。

ところが年老いた父親の場合はまったく違う。

夫婦で三十七歳になる寝たきりのわが子（重度の身体障害者）の世話をしてきたが、妻は病に倒れ入院。七十六歳の父親は一人では子供の世話はできない。老い先短い老父は、わが子の将来を案じて、わびながら子を殺した。

老父は神経痛で不自由な足を引きずりながら、自首したのである。

同じようなケースは他にもある。

わが子に重度の身体障害者がいて、行末を案じ、父親は息子を絞殺した。父親は医師であったから、それなりの手順を踏んでいる。息子も父の言葉を理解し、なすがままにしていたという。

まずエーテルをかがせ、意識不明にしたあと絞殺したのである。父親はすぐ睡眠剤を服用して、自殺を図ったが、帰宅した妻に発見され、一命をとりとめた。

自首した父親は警察に、妻は三十年間わが子につきっきりになり、食事の世話から下の世話に没頭してきた、私とこの子がいなければ、妻は残された短い人生を、自分の時間としてつかうことができるであろうと考えての決行である、と語ったのである。

どちらも殺人事件ではあるが、老父の場合は子を思う親の切実な気持ちが伝わってくる。愛があり、ヒューマニズムがあふれている。

検死の現場でこのようなつらく、厳しい現実に直面すると、命の尊さ、生きるという意義を考えさせられる。

死から生を見る。

死者の側に立った法医学。

同じものを、逆さの視点で観察すると、そこに新しい発見がある。

2　いのち

母性というものを、こんなに痛感した事件はない。

二十七歳になる女性が、妻子ある上司と不倫の関係になった。妊娠したが男から中絶するように説得され、仕方なく手術した。

よくある話だが、その経過から男の打算が見え隠れする。

男は妻子と別れ、君と結婚すると口ではいうが、そう簡単なことではない。男の甘い言葉は、単に性的関係を続けたいがための詭弁《きべん》が多いものだが、そんなことなど知る由もなく信じて女は、中絶をくりかえしていた。

女の思慕と男の思考には大きな違いがあり、第三者ならばすぐに気が付くのだが、当事者である彼女にはわからない。そんなところに、男女のもつれの原因が潜んでいることが多い。

そのうちに、妻にも二人の関係がわかってしまった。

トラブルは家庭裁判所で調停することになったが、お互いのいい分に隔たりがあって、折り合いがつかなかった。

結婚の約束を破ったうえ、二度にわたる妊娠中絶。彼女は慰謝料一千万円と主張した。裁判所は六百万円を提示した。それにひきかえ男は、三十万円という低い金額でことを終わらせようとしたのである。

その騒動のさなか、彼女は男の妻から、

「あなたは生きている子を、平気で腹から出すような女だ」

とののしられたのである。

この事件が報道され、その言葉を耳にしたとき、私の心にも衝撃が走った。

私は男だから、子供は生めないが、母性本能がどんなものか、わかったような気がした。女に向かって、決していってはならない言葉だと思えたからである。男が女に対しても、いってはならない言葉だし、ましてや女同士、本妻が愛人に向かっていうべき言葉ではない。

彼女はこの言葉に、許し難い屈辱を感じたのであろう。

殺意というものは、このようにプライドを著しく傷つけられたようなときに、突如として生ずるものである。

二度も子を中絶しなければならなかった女の辛《つら》さ、悲しさを上司夫婦にわからせてやる。

彼女はそう考えて、上司夫婦の子供を殺害しようと計画した。

復讐《ふくしゅう》である。

ある朝早く、いつものように妻は出勤する夫を、郊外の団地から最寄《もよ》りの駅まで車で送って行った。

夫婦がでかけた後、彼女は合鍵《あいかぎ》をつかって部屋に入り、ポリタンクに用意したガソリンを寝ている子供のまわりにまいて、火をつけた。

すさまじい事件であった。

この事件は、上司の子供を焼死させてはいるが、子供に対する殺意ではなく、また自分を欺いた男への報復でもない。本妻が彼女に対してあびせかけた「生きている子を、平気で腹から出すような女だ」との侮蔑《ぶべつ》に触発された復讐ではなかったか。私はそう感じた。


命の尊さを、今なお鮮明に思い出させる私の父の言葉がある。

この本を読んでごらんと、私は父から一冊の本を渡された。

『学生に与う』河合栄治郎著。書名からみて、なんとなくむずかしそうな本であった。

昭和二十年三月。私が旧制中学四年生のときのことである。

当時、日本は第二次世界大戦中で、食糧はむろんのこと、あらゆる物資は欠乏し、東京をはじめ主要都市は、アメリカの空爆を受け、敗戦の色が濃かった。

父は北海道の無医村地区で開業していたので、私は小学校を卒業すると東京に出て下宿生活をしながら、中学へ通っていた。

三年になったとき、戦争は熾烈《しれつ》となり、授業をするどころではなく、学徒動員で軍需工場で工員として武器などの生産に従事していた。

中学は五年制であったが、当時は四年でくり上げられ卒業した。

あと一か月で卒業というとき、東京の空襲は一段と激しくなり、命の危険を感じた両親は、私を北海道へ連れ戻してしまった。

そのころの田舎町には、本屋などはなかった。父は東京の書店に注文して、読みたい本を取り寄せていた。

父の書斎はいつも書物であふれていた。『学生に与う』はその中の一冊であった。

当時、若者は兵として戦地に赴くか、軍需工場で働くか、いずれにせよ国のために命を投げ出さざるを得なかった。

それなりの覚悟はできていたし、そうすることが男の義務であり、勝利への道であると信じていた。

ところが、その本には個人主義、自由思想が書かれていて、何のことか私にはよくわからない。ずいぶん身勝手な考えもあるものだ、ぐらいにしか思わなかった。

読み終えた後、私は父と議論になった。

意見はかみ合わなかったが、最後に父は、

「命がなければ、すべてではない。命の限り生きて、やるべきことをすべきである。

国のために殉ずる、それも一つの生き方には違いないが、自由という個人の考えを尊重する思想もある。戦争で短い命を終えるならば、せめてこのような考えの人々や国があることを、おまえも知っておくべきだ」

と、私に告げた。

親であり、医者であった父は、息子にかけがえのない命の尊さを、わからせたかったのであろう。

親の愛が切々と伝わって、私は涙を流しながら話を聞いた。

それから十年、戦争は終わり私は医者になっていた。

医者だから病人の治療をするのは当然というが、漠然とした気持ちでは患者の前に立てない。医師としての使命感とか、それなりの哲学を持っていないと、この仕事はつとまらないと思った。

そこで、人間にとって死ぬということはどういうことなのか、もう一度考え直して見よう。そうすれば、命の尊さ、いかに生きるべきかがわかってくる。その上で患者に接すれば自分なりに、自信をもって仕事に専念できるだろうと考えて、死の学問である法医学を二、三年やってみようと、専攻したのである。

ところがやってみると、これがなかなかおもしろい。そのうちにのめり込んでしまい、臨床医に戻る気はなくなり、この道一筋に歩んできてしまった。

ものいわずして死んでいった人々の人権を擁護する、死者の立場に立った法医学の魅力に取りつかれてしまったからである。

自分を完全燃焼させて、選んだ道を懸命に生きてきた。

今日の自分があるのは、『学生に与う』という一冊の本と、命の尊さを教えてくれた父の影響が大きい。


その昔、法定伝染病として恐れられたジフテリアという病気があった。小児に多い病気で、感染すると咽頭《いんとう》で菌が増殖し、そこに潰瘍《かいよう》ができ、その上に灰白色の偽膜が発生して、呼吸困難になると同時に、神経毒を産出して心筋障害、腎臓《じんぞう》障害を生じ、死亡率は高かった。

治療法として、毒素を中和する血清療法が開発され、これを注射すると病気は、ドラマチックに治っていった。しかし、健康保険のない時代であったから、金のない人は治療を受けられなかった。医者を訪れ、なんとかしてくださいとお願いしても、高い薬価の支払い能力のないものは、注射をしてもらえない。重症の子を抱えて母はうろたえ、なすすべもなく、子の臨終を迎えねばならなかった。

「そんな医者にはなってはならんぞ」と医者である父から聞かされた話であるが、私は子供心に痛いほど、その母子の気持ちがわかった。

人は金があるか、ないかではない。人は人なのだという父の言葉が、心に強くインプットされた。

私たちは今、よき時代に生まれ、豊かに暮らしているが、ときにはその幸せに感謝し、命の尊さを考え直してみたい。

父は逝《い》って二十年になるが、私の心の中で脈々と生き続けている。

3　性犯罪

食糧事情が極度に悪化していた戦後の日本、とくに都会での生活者はその日の糧に困窮し、雑草まで食糧にしていた。

人々はリュックサックを背負って郊外の農家などを目当てに、食糧の調達に出かけた。米がなければ麦、サツマイモ、大根、野菜、粟《あわ》、大豆など家畜の餌《えさ》のようなものでも、当座の飢えをしのぐためには仕方なかった。

しかし農家でも食糧は不足していて、入手は困難だった。

都内の主要駅は買い出しの主婦達であふれていた。そこを舞台に中年男が、女性に言葉巧みに売手を紹介するからと、山林などへ誘い込み、いきなり暴行扼殺《やくさつ》（手指で首を絞め殺す）するという事件が相次いで起こった。

これが小平義雄（当時四十一歳）事件である。

昭和二十年五月から、翌年八月逮捕されるまでの一年三か月の間に、十人の若い女性を次々に暴行殺害していたのである。

昭和四十六年の大久保清事件も、同じであった。

当時私は、東京都の監察医をしていた。四十二歳の働き盛りで、泳げる人がなぜ溺《おぼ》れるのかという、不思議な現象を解明しようと、懸命であった。

監察医は都内二十三区に発生した変死事件を、検死、解剖して警察に医学的に協力し、社会秩序の維持と都民の公衆衛生の向上に貢献するのが仕事である。

大久保清事件は、群馬県の事件であったから、東京都監察医の管轄外で出動することはなかったが、短い期間にくりかえされたこの異常な事件は、法医学的に非常に興味があったので、その成り行きを注意深く見守っていた。

大久保は、若い女性をドライブに誘い、八人を次々に暴行殺害していたのである。逮捕に至るまでの経過を簡単にまとめると、
昭和三十年七月、大久保が十九歳のとき、十七歳の女子高校生に道を尋ねるふりをして近づき、人里離れたところで強姦《ごうかん》した。すぐ警察に捕まったが、初犯であったため、懲役一年六か月、執行猶予三年と比較的軽い刑であった。

ところが同年十二月、十七歳の女性をオートバイに乗せ、松林に連れ込み突然顔面を殴打し、姦淫《かんいん》しようとしたが騒がれ、駆けつけた農夫に捕まった。この事件は、未遂に終わったが懲役二年。執行猶予中であったため刑期が加算されて、三年六か月の実刑になった。

大久保は刑に服し、三十四年十二月に出所する。二十四歳になっていた。

翌三十五年四月に、今度は二十歳の女性を言葉巧みに、下宿に連れ込み姦淫しようとしたが騒がれ、家主が駆けつけてことなきを得たが、下宿と称したのは実は自分の家であり、家主は両親であった。相手方と示談となって、告訴は取り下げられた。

それから二年後の三十七年五月、二十七歳になった大久保は、二十歳の女性と結婚する。家業は牛乳販売店で、昼間は配達などで真面目に働いていたが、午後四時頃には仕事からあがり、入浴して小奇麗に身仕度すると、夕方からどこへともなく出かけて行く日が多くなった。大久保は共産党関連の仕事なので、秘密だから内容は話せないといっていたが、やがて妻にも本当のことがわかってしまった。実は複数の女性と交際していたのである。このとき大久保は二人の子供を持つ父親になっていた。

四十年六月、十五歳の少年が牛乳の空きびん二本を持ち去ろうとしたのを見つけた大久保は、二万円を出せ、応じなければ泥棒として警察へ突き出すと脅迫する。たまたま少年の兄が大久保と同業者であった。大久保はさらに七万三千円の示談書を書かせようと、少年の家族を脅迫したので、少年側は警察へ届け出た。

恐喝及び恐喝未遂事件として大久保は懲役一年、執行猶予三年となった。

この裁判で、妻は初めて夫の前科を知ったのである。それまで順調だった商売も、同業者から白眼視され、客からも疎まれ廃業の憂目にあうのである。

翌四十一年十二月に十六歳の少女を強姦。

ついで四十二年二月、三十二歳の大久保は三十歳の女性を強姦した。この女性とは顔見知りであったので、すぐに逮捕され、懲役三年六か月の刑となったが、これも執行猶予中であったため、四年六か月の実刑となり、府中刑務所にはいった。

ここまでは、まだ大久保清のプロローグにすぎず、肝心の連続殺人事件は、これから幕をあけるのである。

昭和四十六年三月二十日、三十六歳の大久保は府中刑務所を仮出所した。

この日から逮捕される五月十三日までの五十四日間に、大久保清は、日本犯罪史上稀《まれ》に見る大罪を重ねたのである。

ルパシカをきて、乗用車にのり、美術の教師と称して若い女性に声をかけ、助手席に同乗させてドライブをする。人目につかない山道に入ると、突然顔を殴打し、みぞおちを突き、暴行後絞殺(紐などで首を絞めて殺すこと)、遺体は穴を掘って埋めるという凶悪きわまりない犯行を、くりかえしたのである。

順に記述すると、昭和四十六年、

三月三十一日　十七歳女性　暴行殺害後、土中に埋める
四月六日　十七歳女性　〃
四月十一日　十九歳女性　六日間のケガ
四月十七日　十九歳女性　暴行殺害後、土中に埋める

四月十八日　十七歳女性　〃
四月二十七日　十六歳女性　〃
五月三日　十八歳女性　〃
五月九日　二十一歳女性　〃
五月十日　二十一歳女性　〃

五月十三日に逮捕され、やがてその全貌《ぜんぼう》が明らかになると、日本中は驚いた。

逮捕された大久保は取調官に、
「俺は人間じゃない。血も涙もない、冷血動物だ」
と語ったという。

裁判後、大久保清には死刑の判決が下され、執行されている。

これらの事件を、単なる性犯罪と見ることはできないかもしれないが、性犯罪の一番の特徴は、くりかえし行われることである。

そして手口は、言葉巧みに女性に接近し、相手を安心させ、人目につかない所へ誘い込む。性行為後に、殺害するというパターーンである。

しかし、小平義雄の場合は行為中に絞め殺していた。通常の性行為では満足できず、異性の首を絞め、呼吸困難を起こすことによって、女性は痙攣《けいれん》を起こす。この痙攣が小平にとってたまらない快感であったのだ。いわゆるサディズムの傾向があったといわれている。

男性生殖器の構造と機能は、女性とはまったく違っている。とくに機能上の違いを女性はあまり理解していないようである。

体温よりやや低い温度に保たれた陰のうの中の精巣（睾丸《こうがん》）で精子はつくられるが、つくられた精子は、温かい腹腔《ふくくう》内に移動し、膀胱《ぼうこう》の後下方にある精管膨大部に貯蔵される。若い人ほど精子の生産能力は活発なので、精管膨大部はすぐに精液で一杯になってくる。膀胱に尿がたまると尿意を催すと同じように、精液がたまると男は、セックスがしたくなる。ここが女性と決定的に違う男性の生理なのである。

しかし、通常の男は理性でこれをコントロールできるから、問題にはならないが、たまたまコントロールのきかない男がいる。この少数の人達が性犯罪を起こしているのである。精液が満タンになった危険な男が、夜な夜な街を徘徊《はいかい》しているから、男の生理を知っている父親は娘の門限を口うるさくいうのである。

女性を見ると衝動的に襲いかかりたくなる。この男の生理を、女性も十分知っておくべきだ。そして騒がれたり、顔を見られたりすると、行為後、男は保身のために女性を殺害することになる。それがなければ、殺さないケースも多い。

婦女暴行などで懲役刑を受けると、刑務所には女性はいないから、真面目に務め、刑期を終えて出所する。しかし男は、性懲りもなく婦女暴行をくりかえしてしまう場合が多いのである。刑務所で十分な反省と更正が行われるのであろうが、それはあくまでも精神上のことで、肉体的生理的現象まで修正はできないから、禁欲生活から解放された途端、男は女性を求めて爆発する。

そのくりかえしが、性犯罪の特徴でもある。

女性側から見れば、こんな危険なことはない。性犯罪者を野放しにしているのだから、法律的にもくりかえさない方法を考えるべきであると思う。

去勢（睾丸摘出）手術をすれば、女性を襲うことはなくなる。しかし、人道上許されることではない。

そこで、アメリカでは女性ホルモン注射を性犯罪者に義務づけるという珍しい判決があった。

婦女暴行罪に問われた被告に「性衝動を抑える女性ホルモンを注射し続ければ、懲役刑を軽くする」というものであった。去勢判決として論議を呼んだ。

被告は最高懲役九十九年という長い刑務所暮らしをするよりも、週一回病院に出頭して化学合成した女性ホルモン注射を打ち続けたほうがよいと考え、注射と執行猶予十年の刑を選択したのである。

裁判官は、犯罪に走る性衝動が除去されれば、被告本人にとっても、女性側にとっても、また社会全般にとっても利益があると、考えた上での判決であった。

最近カリフォルニア州でも、子供への性犯罪者に薬物注射による去勢法案が可決され、話題になっている。

十三歳未満の子供に対する性犯罪者が、仮釈放される場合には、自発的に去勢手術を受けるか、定期的に性的衝動を抑える薬物注射をしなければならないというものである。初犯の場合は、裁判官の判断で免除されることもあるが、再犯者は免除されないという。

このようにきびしい法律が作られた背景には、いうまでもなく性犯罪がくりかえされている現状がある。カリフォルニアの統計では、その再犯率は九〇パーセントと驚くべき高率であった。わが国での再犯率はどうなのか知らないが、かなり高いと予測される。

ホルモン注射の判決は、法律に規定のない残酷な刑であり、憲法違反の疑いがあると批判された。

ある時代、ある社会にあった、窃盗犯は手首を切り落とす、のぞき犯は目をつぶすといった刑罰と同じで、現代社会に通用するものではないと。

男の性衝動は、解剖学的構造から見ても、女とはまったく違うし、衝動は理性によって抑制できるものだが、コントロールできないものは、本能がむき出しだから、刑罰をもってしても修正することはできない。

裁判官ならずとも、私も医師の立場から考えて、性犯罪は去勢のようなことをしない限り、防げないと思っている。

犯罪者の人権を考えれば、そんな無茶なことはできないだろうが、くりかえし行われている犯行によって、平穏に暮らしている女性の被害者が、増えることも事実である。その人達の人権を蔑《ないがし》ろにしてもよいのだろうか。

被害者が自分であったり、身内であったとしたら、このくりかえされる性犯罪を、現状のまま放置せざるを得ないと、手を拱《こまぬ》いて見ていることはできないであろう。罪だけを裁いて、危険人物を野放しにしては、十分な対応とは思えない。はてさて、裁くことの難しさを痛感する。

4　決め手に欠ける法医学

古来から人間の集団生活の中にはそれなりの掟《おきて》、約束ごとがあり、トラブルが起きればボスはこれを上手に裁いてきた。

両方を納得させる知恵の一つとして、法医学などが発展してきたのだろう。

江戸時代の大岡越前守《えちぜんのかみ》は、母を主張する二人の女に、幼児の手を双方から引かせ、引き勝ったほうを母と認めようと、引っ張らせた。

子は痛いと泣き出した。泣く子を見かねて、一人の女は子の手を離した。引き勝った女の胸に子は抱きかかえられたが、越前守は手を離した女こそ、愛のある本当の母親であると裁決した。

科学的決め手がなかったから、その時代の人情やモラルに訴えた、見事な裁きであった。

本当の母子であったかどうかは別として、フランスでもその昔、私生児が生まれると、母なる女が父親を決める権利があったという。

女は関係のあった何人かの男の中から、経済的にもっともゆとりのある男を、父親に選んだ。金持ちのプレイボーイ達は、何人もの子供の父親にさせられ困り果てて、医者のところへ何とかならないかと相談をもちかけたのが、血液型の研究につながったといわれている。

それはともかく、今から見れば無茶な話だが、いずれにせよ当時は、それ以上の解決策はなかったのだから、それで納得せざるを得なかった。

昭和二十四年八月六日の深夜。青森県弘前《ひろさき》市で大学教授夫人が、夫の不在中何者かに首を刺されて死亡するという事件が起こった。

ちょうどその一か月前の六日に、東京では下山事件（初代国鉄総裁轢断《れきだん》事件）があって、総裁の死をめぐり自殺か他殺かと、日本中は大騒ぎになっていたから、この事件などはそのかげにかくれて、知るものは少なかった。

八月下旬、容疑者のN男（当時二十五歳）が逮捕された。

血のついた旧日本海軍の白い開襟シャツと、白いズック靴が証拠になった。シャツは犯行前から逮捕されるまで本人が着ていたものである。ズック靴は犯行後のある日、雨が降り出したので、友人宅で傘とゲタを借りた際、あずけてきたという、その友人宅から押収されたものであった。

司法解剖時の検査により、シャツの血液型はB・M型で、被害者の夫人と同型であったが、ズック靴の血痕《けっこん》は血液ではないことが判明した。

ABO式血液型はポピュラーだから、説明の必要はないと思うが、それ以外に人間には四十数種類の血液型が解明されている。

MN式血液型はウサギ、P式血液型は馬、Q式は豚、E式はウナギ、Rh式血液型はアカゲザルなどをつかって、人間の血液型を分類したものである。

輸血の際にはABO型とRh型を適合させれば、その他の型を合わせる必要はない。なぜならば、AB型の人は何型の人の血液でも輸血してもらえる。それは血清中に凝集素がないから、A凝集原をもつA型血液を輸血しても、血液はかたまらない。これと同じでABO式血液型以外の血液型は、凝集素がないタイプなので、輸血の際に型を合わせる必要はない。

ところが法医学では何種類もの血液型を調べて、個人を識別しているのである。ABO式血液型B、MN式血液型Mの人をB・M型と表現する。MN式はMN・M・N型の三つに分けられるので、B・M型とB・N型の人は同じB型でも別人である。

結局、凶器は発見されず、当夜のアリバイもはっきりしないまま、N男は否認したが殺人罪で起訴された。

シャツの血は、自分の血であると主張したが、N男も被害者の夫人と同じB・N型であったので、真偽のほどはさらなる鑑定を待たねばならなかった。

それ以外に物証はなく、殺人の動機もはっきりしなかったが、当時N男は職もなく、ぶらぶらしていて、ノゾキなど変質的行動をしていたので、印象は悪く容疑を晴らすことはできなかった。

血液型のくわしい鑑定がS大学の法医学教室に依頼された。

結果は、

　被害者（夫人）の血液　B・M・Q型
　シャツの血痕　B・M・Q型
　容疑者N男の血液　B・M・q型

であった。

ABO式はともにB型、MN式もともにM型で一致していたが、三種類目のQ式血液型は、夫人とN男の着ていた白いシャツは、ラージキューで同型であったが、N男の血液はスモールキューで、血液型が違うのである。

つまり自分の血がついたという、N男の主張は否定された。

当時は旧刑事訴訟法（自供説）が改正され、物証説になったばかりであった。

それから二年後の昭和二十六年、裁判官は被害者の血液型と加害者着用のシャツに付着していた血痕の血液型が、同じであったという法医学的鑑定のみで、真犯人を断定することはできないとして、N男を無罪にした。

検察側は控訴した。

再度、血液型は別の権威あるT大学で鑑定されることになった。

被害者（夫人）の血液　B・M・Q・E型

シャツの血痕　B・M・Q・E型

容疑者N男の血液　B・M・q・E型

四種類の血液型検査を試みたが、夫人とN男の着ていたシャツの血痕は一致していた。自分の血がシャツについたというN男の主張は、嘘《うそ》であることが明白になり、殺害の容疑はますます濃厚になっていった。

しかし、被害者である夫人の血液が、容疑者N男のシャツに付着したと断定するのは納得できない。なぜならば、他の理由で被害者以外のB・M・Q・E型の人の血が付着する可能性も考えられるのではないかと、N男側の弁護士は反論した。

あの有名な国鉄下山総裁轢断《れきだん》事件（昭和二十四年七月）も同じような経過をたどっていた。

常磐《じょうばん》線綾瀬駅近くで、深夜どしゃぶりの雨の中、総裁は轢断死体となって発見された。T大学の法医学教室で、司法解剖が行われた。

結果は轢断部に生活反応がないという理由で、死後の轢断と判定された。つまり殺害後、飛び込み自殺のように偽装された殺人事件ということになったのである。

日本中は大騒ぎとなった。

死亡直前の下山総裁の足取りや、当時の社会情勢（過剰な鉄道員の大量解雇）などから、殺人の可能性は十分考えられた。しかし、別の見方をすれば大量解雇に悩み苦しんでいた総裁には、自殺という可能性も否定できない。

K大学の法医学者らは反論を唱えた。

とくに飛び込み自殺のような場合には、ほぼ即死状態だから、轢断部に生活反応は現れにくいので、これがないからといって直ちに死後の轢断と判断するのは早計である。自殺の可能性も考えられると、主張した。

聞きなれない生活反応という法医学用語が、マスメディアに登場し、日本中は自殺か他殺か、論争の行方《ゆくえ》を固唾《かたず》を呑《の》んで見守っていた。

これとは別に、法医学的争点の一つに現場の血痕が問題になっていた。

事件があって数日後の深夜、警視庁の捜査一課と鑑識課は、現場の広い範囲にわたってルミノール反応を実施した。血痕を探すためである。液体試薬を噴霧し、それが血痕にふりかかると蛍光を発するのだ。その部分をチェックすると、線路脇《わき》にある鉄道小屋から始まり、下り方向のカーブした軌道内、そして総裁の遺体まで、点々と二三〇メートルにわたりルミノール反応が陽性に出た。

これらの血痕《けっこん》を集め、それぞれについて三種類の血液型を検査すると小屋、軌道内、総裁はいずれもA・M・Q型であった。

司法解剖したT大学のドクターらは、このデータを次のように分析した。

鉄道小屋で刃物などで殺害された総裁の血のしたたる遺体は、二三〇メートルにわたって軌道内を搬送されレールの上に放置された。その後列車に轢過させ、刺創や切創《せっそう》などを挫滅《ざめつ》轢過して、わからないようにした。つまり、飛び込み自殺に見せかけた巧妙な殺人事件であると考えたのである。

ところが、この三か所の血痕をすべて総裁のものと考えて、矛盾はないのかとK大学のドクターらは、ここでも疑問を投げかけた。

下山総裁は自殺か、他殺か。この大騒ぎのかげにかくれた教授夫人殺し事件も、裁判が進むにつれて、法医学的論争が表面化し、マスメディアの注目されるところとなって、大きく報道されはじめた。

N男の白いシャツに付着していたB・M・Q・Eの血痕を夫人の血液として断定できるのか、別人の可能性を完全に否定することができるのか。

注目された裁判に証人として出廷した、T大学の教授の証言は、確信に満ちていた。

日本人の中でB・M・Q・E型の人は一・五パーセントいる。弘前市の人口は六万人であるからB・M・Q・E型の人は九百人いることになる。

また刺殺した場合、犯人の着衣に返り血がかかる可能性は九八・五パーセントである。しかもシャツの血痕は動脈血が飛沫《ひまつ》したものであるから、九百名の同型者がいたとしても、動脈が切れていなければ、問題にはならないと証言したのである。事実、当夜、動脈を切って医療を受けた患者は、弘前市内にはいなかった。

世界的権威による血液型の鑑定と統計学的考察の説得力に、裁判の流れは変わった。結局高裁は、この鑑定を全面的に採用し、懲役十五年の判決を下したのである。

ところがN男は、あくまでも無罪を主張し、昭和二十八年に最高裁に上告した。しかし棄却され、刑は確定してしまった。


一方、下山事件も決め手を欠いたまま推移していた。

それによれば、小屋は鉄道員が作業中にケガをしたための血痕。軌道内は列車の乗客が水洗便所から流した血液。総裁も偶然同じA・M・Q型であったと考えることもできるので、これを総裁一人に絞り込み、点と点を結び線として、他殺と断定するのは危険な結論である。自殺の可能性を否定することはできないと、K大学はT大学の考え方に反論したのである。

しかし、議論はことごとく嚙《か》み合わず、水かけ論となって混迷した。

その他、自殺の状況、他殺の要因などが交錯し、論争は続いたが、双方に決定打がないまま連合軍総司令部の要請により、自殺として事件は打ち切られてしまった。当時日本は、第二次大戦の敗戦により、連合国の占領下にあったから、やむをえない結末であった。

獄中のN男は模範囚であったため、三年目に仮釈放の手続きがとられたが、改心の情がないとのことで再三延期され、五年目の昭和三十三年にやっと仮釈放となった。

ところが昭和四十六年、宮城刑務所を仮出所したM吉という男が、この大学教授夫人殺しは、自分がやったと名のり出たのである。

事件当時、M吉は十九歳であった。昭和四十六年は、事件発生から二十二年も経っていた。M吉は窃盗、強盗致傷、婦女暴行などで数回刑務所を出入りしており、夫人殺しがあったとき、M吉もまた別件の傷害事件で、N男と同じ警察の留置場に入れられていたというのである。

M吉はN男より六つ年下で、家も近く子供のころから顔見知りであった。

M吉は、なぜN男がこの事件の容疑者として逮捕されたのか、わからなかったが、自分の犯行とわかれば、死刑になると思って、留置場に差し入れられた弁当の残飯の中に、アリバイをたのむ手紙を入れて、ごまかすことができたというのである。

しかし、悪いことはできないもので、N男の弁護士が、M吉の国選弁護人になっていた。二つの事件を調べるうちに、この弁護士は、大学教授夫人殺しの犯人はM吉であることを知った。裁判所に、この件を調べなおしてほしいと、上申書を提出した。

これは弁護士として、やってはいけない行為であった。しかし、年老いた弁護士は、これが最後の仕事だからと、覚悟を決めて上申したのである。

ところが、この上申書は無視されN男の刑は前述のように、確定したのである。

その後、老弁護士は、逆転勝利の日を知ることなく死亡してしまった。

M吉はいろいろな罪で服役中、更正の道を考えるようになっていた。

そして仮出所した昭和四十六年、弁護士と相談して、時効の成立を確認した上で、真犯人として名のり出たのである。

殺人事件の時効は十五年であるから、二十二年も経った当時、時効はとうに成立していた。

警察も刑に服したN男がいるので、これを無視するわけにもいかず、M吉の自白の真偽を再調査することになった。

当時十九歳のM吉は、日に四十〜五十本ものヒロポンを注射するほどのひどい中毒になっていた。薬がきれると眠れずに、夜など街を徘徊《はいかい》し、悪事を働いていた。そんなある日、以前ミシンの修理に行ったことのある大学教授の家に、若い女性二人がいることを思いだし、いたずらをしようと家の中を覗《のぞ》くと、カヤの中で女性が寝ていた。足元のほうから忍び込んでからだに触ったら、騒いだので右手にもっていた刃物で首の真中付近を夢中で刺した。刃物を握っている右手に血がふきかかったが、それ以外に返り血は浴びなかったと語っている。

また逃げる途中、古井戸で手を洗い、刃物を処分しようとしたことなど、細かい話を供述した。しかし高裁は、昭和四十九年、M吉の供述に信憑性《しんぴょうせい》はないと、再審請求を棄却した。

ところが昭和五十一年、執拗《しつよう》な弁護士の主張により、再審の開始が認められた。

M吉の供述は、古井戸の存在や犯人にしかわからないような細かいことを知っていることなどから、信憑性があると判断された。さらにN男が犯人とされた決め手になった、白いシャツの血痕に大いなる疑問が投げかけられたのである。つまりN男が返り血を浴びた白いシャツを、逮捕されるまで平然と着ていたなど、常識では考えられないこと。また寝ている夫人の右側の足元から、胴体のところまで忍び寄り、からだに触ったところ騒がれたので、右手に握っていたナイフをふりかざして、首を刺した。頸動脈《けいどうみゃく》を切ったので血は、寝ている夫人の首から頭の方向にふき出したわけだから、供述どおりナイフを握った右手に血はふきつけたであろうが、シャツに返り血は浴びなかったと主張するように、夫人の首から下方に位置したN男の上半身のシャツに、返り血がとび散り付着するのは不自然である。さらに白いシャツが押収されたとき、灰色にくすんだシミと記載されているが、鑑定時には赤色血痕と記録されている。

これらの疑問点が解明されない以上、その血痕を九八・五パーセントの確率をもって、夫人の返り血とすることはできないと、裁判官も判断した。お互いに立位で格闘中に頸動脈が切れれば、高い確率で返り血を浴びるであろうが、寝ているケースでは話は別である。

一審では有罪の決め手になった白いシャツの血痕を、高裁は証拠とはならないと判断したのである。

また白のズック靴であるが、雨の日友人宅に立ち寄り、傘とゲタを借りた際にはいていた靴をあずけたというのも、本当に血液がついていたとすれば、あまりにも不用意な行動で納得がいかない。さらにN男は、二十八年間という長い期間一度も犯行を認めたことはなく、一貫して無実を主張し続けていたこと。

逆にM吉は、名のり出てから真犯人は自分であると、不動の供述をしていた。

これらの経過から、二十八年目の昭和五十二年高裁はN男の冤罪《えんざい》を認め、逆転無罪としたのである。

無罪となったN男さんは、服役中の刑事補償千四百万円、また御家族らも国家賠償法によって、当時最高額といわれた一億円にものぼる賠償請求を提出した。

一方、真犯人とされたM吉は、時効が成立していたのである。

帰らぬ無実の二十八年間、N男さんの一生とは、いったいなんであったのだろうか。

今、これらの事件をふりかえれば、DNA鑑定などにより、血痕は同一人か否か簡単にケリはつく。その時代には、このような検査方法がなかったためのトラブルである。決め手に欠ける法医学に、歯痒《はがゆ》さを感ずる。

この事件に限らず、往時は大岡越前守と同様に、法医学者も裁判官もそれなりの努力をし、最善の結論を下しているのである。

時代の推移とともに、社会は変遷し、学問も進展していくから、現代の感性で過去をとらえ、批判することは容易であっても、それは必ずしも正しいことではないのかもしれない。とはいえ、犠牲になった当事者がいることも事実である。

裁きのむずかしさを痛感する。

いずれにせよ、法医学の判断は死者の生前の人権を擁護し、社会秩序の維持に直結していることを思うと、日々の研鑽《けんさん》をないがしろにすることはできない。

5 有 罪

一人暮らしの老女の家に強盗が押し入った。

抵抗した老女は絞殺され、数万円の現金が奪われた。

近所のアパートに住む顔見知りの男が、事件後姿をくらまし全国を逃げ回っていたが、三か月後に逮捕された。

犯行を自供したため、強盗殺人の罪で起訴された。ところが公判になって、検察側の主張する犯行時間帯には、繁華街の酒場で酒をのんでいたとアリバイを主張。

自白は警察の拷問と誘導によるもので、真意ではないと犯行を全面否認した。

老女を司法解剖した医師の鑑定によると、犯行時間は五月二十九日午後十一時頃と推定されていた。

しかし、男はその時間帯には、酒場で酒をのんでいたことが立証され、無期懲役の求刑は一転して無罪の判決になってしまった。

検察側は犯行時間、つまり老女の死亡時間を見直すことになった。

事件を担当する県警の検視官から相談を受けた私は、自分なりの意見を述べていたが、そのうちに結局、この老女の死亡時間の再鑑定をたのまれてしまった。

事件から四年も経って、しかも無罪判決が出ているものを、死亡時間からひっくりかえし、有罪にもっていけるのか。ことの重大さと、鑑定の困難さに再鑑定をひき受けたことを後悔したが、あとのまつりであった。

再鑑定にあたり、示された資料は、最初に司法解剖した医師作成の鑑定書と、添付された死体所見および胃内容などのカラー写真であった。

鑑定書には脳、心臓その他各臓器に病的異常はなく、動脈硬化も軽度であると記されている。死因はいうまでもなく、絞頸による窒息であった。

さらに鑑定医は、死亡時間は当時の気温、死後死体の置かれた環境などを考慮し、体温の降下度、死斑《しはん》および死体硬直の程度を総合し、解剖時からさかのぼり約三十四時間前に死亡したものと推定している。

解剖日時は五月三十一日午前九時開始であるから、換算すると死亡時間は五月二十九日午後十一時頃になる。

この場合、死亡時間は犯行時間でもある。この時間が間違いだとするならば、その見直しであるから、鑑定医とは別の角度からより正確な死亡時間を検討しなければならない。

かつて東京の下町におばけ煙突というのがあった。電車に乗って遠くの煙突を眺めていると、四本の煙突が重なり合って、いつの間にか三本に、あるいは二本に見え、ある角度からは完全に一本に見えたりするので、その名がついたのだろう。名物になっていた。同じものを角度をかえて観察するのも、大切なことだと思った。

今、人間は月まで行って帰って来られる時代になっているのだが、法医学はそれに比べるとあきれるほどおくれている。

殺人事件などでは、きわめて重要な殺害の日時を決めるのに、これといった科学的方法はなく、遺体に出現した死斑や死体硬直、体温の降下あるいは腐敗度など、昔ながらの経験に基づいておおざっぱに推定しているのである。だからたとえば、肉や魚の冷凍食品などは冷凍した時点のまま、解凍されるまでの長期間、その鮮度を保ち続けることができるので、法医学でいう従来の判定法では、死後経過時間を解明することはできない。いわばお手あげである。

血液や体液の化学物質の変化などで判断しようという研究もあるのだが、有機物は経時的変化が大きい上に、個人差、温度差、自然環境などの影響を強く受け、一定の目安を確立されるまでにはなっていない。

原則的には、遺体の中から自然環境などに支配されず、経過した時間のみに影響されるものを探し出せればよいのだが、そういうものが見つけられない。

したがって、法医学はまだまだ経験がものをいう、これからの学問である。

そんなわけで、本件の再鑑定は老女が生存中、最後に食べた食物の消化の程度から、死亡時間を推理することにした。

鑑定書には、胃の内容物は豆、野菜、のりなどが混入した未消化米飯三五〇グラム。胃粘膜は蒼白《そうはく》で、胃炎や潰瘍《かいよう》、ポリープなどの異常はなく、また胆のうには黄褐色の胆汁がごく少量入っているだけで、胆のう炎や胆石などはないと記されている。

法医学では胃内容と胆のう内胆汁量の関係は重要である。

一般的には食事をとってから三十分ぐらいすると、胆のう内の黄色い色素の胆汁は消化液であるから、十二指腸へ流出しはじめる。そして、そこを通過する粥状《かゆじょう》になった食物に混入し、消化吸収されやすいように作用する。

普通われわれが食べる和食の場合、食後十分頃から胃内容は十二指腸へ移送されはじめ、三〜四時間で移送は終わり、胃は空虚になる。液状のものは早く、固形物は遅れる。脂肪食は胃の蠕動《ぜんどう》を抑制するので、胃の停滞時間は長くなる。つまり肉や脂肪を主体にした洋食のほうが、腹のもちはよいのである。

それればかりでなく、食べたものの化学成分、浸透圧あるいは精神状態を含め、からだの疾病、体調なども移送や消化に影響するので、一概にはいえないが、通常、食後三十分を過ぎるころから、胆汁は十二指腸を通過する食物に消化液として混入する。白いご飯を食べても黄色い大便が出るのは、この胆汁が黄色いからである。

胆汁が十二指腸に流出するので、胆のうは徐々に空になる。逆に空腹時には胆のう内に胆汁は貯溜《ちょりゅう》してくる。

　このように胃内容と胆のう内胆汁量の関係から、食後どのくらいの時間に死亡したかが推定できるのである。

　老女が仮に食後三十分以内の死亡とすれば、胃内容の移送はそれほど多くはないから、五〇〇グラムぐらいの未消化食物が残存している可能性が高く、胆汁の排出も少ないので、胆のう内にはかなりの量の胆汁が貯溜していなければならない。したがってこの時間帯の死亡は考えにくい。

　また食後三時間以上を経過しているとすれば、米飯と野菜を主とする比較的消化のよい食物は、胃から腸に移送されているはずである。

　老女の胃内容三五〇グラム、胆汁少量であることを考えると、どうしても彼女は食後一時間前後に死亡した可能性が大きいのである。

　そこで老女の夕飯を食べた時間が問題になるのだが、事件直後の捜査で隣人が夜七時ごろ訪れたら、彼女は食事をしていたことが確認されている。

　この事実が本当であるなら、逆算すると犯行は午後八時ごろになる。これが私の結論であった。

　この考え方からすれば、午後十一時頃は酒場で酒をのんでいたという容疑者の主張は成立するが、午後八時頃の犯行であれば、話は別になる。

私とこの事件のかかわりは、そこまでであった。

真実は一つしかない。

解剖、生理学をベースに医学を総動員して死体所見をいかに正確に読み取るか、それが法医学である。

間違いは許されない。

何年か経って、この事件のことなどすっかり忘れていたころ、それらしき事件の結末が新聞の片隅に載っていた。

「有罪」とあった。

6　首なし事件

女性の首なし死体発見。

第一報が流れたのは、平成八年一月十日であった。警察発表によれば、六日の夜から七日未明にかけて、空地で炎があがっているのを数名の通行人が目撃している。

犯人はそこで人体を焼いた上、隣接した青空駐車場に十数台の大型ダンプカーなどが駐車してある間を、約一五メートル引きずって運び、首を切断した模様である。それを裏付けるように、遺体の傍《かたわ》らにはすすのついた厚手のビニール製手袋が一組放置されていたという。

警察は不審な人物や車の目撃者などの聞き込みに懸命であった。

首だけを切り取ったとすれば、バラバラ事件にしては少し中途半端である。何かわけがあるのかもしれない。

そんな状況の中で、私は事件の現場やテレビ局のスタジオから解説をさせられるのである。

死因は？　犯人像は？　動機は？　と矢継ぎ早に質問がとぶ。警察発表は少ないので、各局は独自の取材をし、いろいろな角度から切り込み、視聴者に情報を伝えようと競っている。それは当然であろうが、解説するほうは冷や汗ものである。

なぜならば、私は監察医として長年、死体を検死したり解剖をし、警察の捜査状況と合わせて、その遺体の中に隠された真実を引き出すのが仕事であった。

しかし、現役を退いた今、死体を診《み》ることはできないし、現場も張り巡らせた立ち入り禁止のロープの外側までしか行けない。実在する死体所見や現場の状況を見ないで解説するのはむずかしい。

だからといって、あてずっぽうに解説しているわけではない。知りえた少ない情報をもとに、法医学的に考えられる可能性について、コメントしているのである。

咳《せき》をし、鼻水が出て、熱があれば、医学的知識に乏しい人でも、風邪《かぜ》をひいたとわかるだろう。医者へ行っても風邪と診断される。結果は同じであるが、その過程はまったく違う。

専門家はあらゆる知識を駆使して、それとおぼしき症状の気管支炎、喘息《ぜんそく》、肺炎、肺結核、肺癌《はいがん》あるいは腎炎《じんえん》や肝炎などの初期等々を区別し、最後に風邪という病名を決定しているのである。学識や経験の差によって、答えは違ってくるが、それしか知らない素人が風邪というのと、専門家が風邪というのとではその過程がまるで違うのである。

首なし事件は、都内の足立区《あだち》で起こっている。その空地は有刺鉄線で囲まれた校庭ぐらいの広さで、となりは青空駐車場になっていて、大型ダンプカーなどが停められていた。片側には車が通れるほどの道があり、アパートなどが建ちならぶ。都内といっても、人通りの少ない寂しい所であるが、夜中に焚火をすれば人眼にはつく。しかしこの空地では、ゴミなどを燃やす人がいるので、とくに焚火《たきび》をしていても気にとめる人はいないという。

「なぜこの場所で、死体を焼いたのか。大胆な犯行をどう思いますか」

女性キャスターが私にマイクを向けた。

住宅が密集する一般家庭で殺人が行われれば次はその遺体をどうやって、人眼につかぬよう処分するかである。犯人の立場に立って考えれば、その順序は自《おのず》とわかってくる。

かつては自宅の床下を掘って埋めたりしたが、共同住宅ではそうもいかないし、ましてやコンクリートのアパートでは、掘ることもできない。風呂場《ふろば》でバラバラにして、どこかへ捨てに行く。あるいは車で山に埋めに行くとか、川や海に捨てに行っていたのである。

オウム真理教のように、上九一色《かみくいっしき》村などという広大な敷地をもっていれば別であるが、犯人は土地鑑のあるあの空地で、死体の焼却を思いついた。

人体を焼けば、骨だけになり容積も骨壺《こつぼ》に納まるように小さくなる。いつまでも遺体を自宅に放置しておくわけにはいかない。とりあえず、焼いて骨だけになれば運びやすいし、捨てやすい。そして何よりも身元がわからなくなるだろう。そうすれば犯人である自分に捜査の手は及ばない。これはよい方法だ、これしかないと行動したのではないか。

私はそんなことをコメントした。

車のトランクに入れ、空地まで運び、たきぎに火をつけ死体を燃やした。石油やガソリンを使用した痕跡《こんせき》はないというのに、かなり焼けているので、あるいはアルコールなどをふりかけて焼却している可能性も考えられた。

いずれにせよ、犯人は少し離れたものかげから、燃える様子をうかがっていたに違いない。

ところが焼却が終わった後、犯人は大きな計算違いに気がついた。死体を運んできたときは、傘を折りたたんだように、からだを屈曲させてトランクに入れられたのだが、焼けた死体は火葬場の焼却と違って、骨だけにはなっていなかった。筋肉がついたまま、黒色炭化状になり、さらに筋肉は熱凝固を起こして短縮しているから、各関節は少し屈曲して焼死体特有のボクシング中のスタイル（闘士型）になり、かさばった。ちょうどたたんだ傘を拡げたように、容積は逆に大きくなってかたまっていたのだ。

空地から駐車場に止めてある自分の車まで、遺体を引きずってきたが、今度はトランクに入らなくなってしまった。時間があればノコギリなどで、バラバラに分割したのであろうが、夜が明けてきた。仕方なく情報量の多い、首から上を切断してどこかに捨てに行ったのだろう。

解剖によって、気管支粘膜に炭粉の付着はなく、血中一酸化炭素ヘモグロビンも陰性であったため、生きている人間ではなく死体を焼いたことが明らかになり、中年の女性であることもわかった。潜んでいた犯人は、精神的圧迫感を受けあせっていたであろう。

犯人は頭の中で何度も、こうやれば完全犯罪はできるだろうと思考する。しかし、いざ実行してみると、考えたとおりにことは運ばない。焼却すれば死体は骨だけになり、容積は小さくなるだろうと思っていたのが、逆に手足を屈曲させて拡がり、かたまってしまい、運んできた車のトランクに入らなくなってしまったのだ。この大きな誤算があせりになって緻密《ちみつ》な計算は一転して杜撰《ずさん》な行動になり、行きあたりばったりになっていく。

この事件に限ったことではない。

四月下旬、容疑者は逮捕された。

犯人の自供によれば都営アパートの自室で、同棲《どうせい》中の女性の頭を殴り、殺害した。車ではなくリヤカーに遺体をのせ、燃えやすい新聞紙などをたくさん積んで、空地に運び焼いた。

石油やアルコールは使用していない。

焼き終わったら、遺体は骨になっていなかった。それどころか逆に広げた傘のように容積は大きく、かたくなってリヤカーにのらないので、とりあえず首をノコギリで切断し、自宅に持ち帰って、裏の庭に埋めたという。

もちろんDNA鑑定など科学的捜査も威力を十分発揮したことはいうまでもない。推理はほとんど的中していた。

この首なし事件は、隠蔽《いんぺい》工作のためにやむなく空地で焼却したものである。そして大きな誤算などもあって、一見大胆不敵な犯行に見えたのだが、実は杜撰きわまりない事件であったのだ。

八月に、今度は大阪で首なし死体が発見された。

ある週刊誌の記者から電話でコメントを求められた。

同じような事件が続くものだ。特異な事件が起こると、それをまねるケースもある。

十九日早朝、大阪市と堺《さかい》市の境を流れる大和川で、釣り人が首なし死体を発見した。白いTシャツに黒ズボン、靴下をはいているが、首がないという。首のないマネキンが浮いているのかと思ったが、そうではなかった。

事件だということで、捜査をしていたら、翌二十日の午後、その場所から六〇〇メートル下流の水深五センチのところで、頭部が発見された。

身元がわかって警察も緊張したようだ。

被害者は、元ヤクザの組長（五十八歳）であった。しかし捜査の結果、抗争などの状況はない。また解剖所見にも頸部《けいぶ》切断部に生活反応はなく、腐敗がやや進行しているが、死因になるような外傷や疾病もないという。

そのうちに胴体が発見された現場から、一〇〇メートル上流の橋の欄干に、直径約一センチ長さ四メートルのロープが垂れ下がり、先端は小さな輪になって、血液と肉片がついていたという報告があった。さらに橋の上には元組長の車が乗り捨てられ、中には同じロープがあって、これを切ったと思われるハサミも発見された。そこで警察は、遺書はないが、首吊《くびつ》り自殺と断定したようである。

「先生、こんなことってあるのでしょうか」

記者は、私にたずねた。

細くて丈夫なロープを首に巻き、バンジージャンプのように四～五メートル下に飛び下りれば、ロープは首にくい込み、筋肉の一部に断裂は起こるが、その瞬間に首が切断されるとは考えにくい。十三段の階段をのぼって、処刑される絞首刑でも、首が断裂することはない。

ところが、蒸し暑い夏ならば、腐敗は早い。首の筋肉がある程度腐ってくれば、首にはかなりの体重がかかっているから、分離は容易である。

私も現職のとき、夏場の首吊りでこのような頸部の離断したケースを何例か経験していることをつけ加えた。

記者は「やはりそうですか。あるんですね」と納得して、電話取材は終わった。

いずれにせよ事件というものは、現場の鑑識と捜査状況に死体所見を合わせて考えると、死亡前後の様子や犯人像がおぼろげながら見えてくる。

現場で働く地道な人達の努力の上に、科学捜査が成り立っていることを忘れてはならない。

7　ベロ毒素

平成八年五月、わが国にも病原性大腸菌O－157による食中毒が流行し、社会問題になった。何も今に始まったことではない。一九八二年アメリカオレゴン州で起きた、ハンバーガーによる集団食中毒事件が発端である。

以来、治療を中心に予防対策などが研究されてきたが、未《いま》だ十分な効果をあげるまでには至っていない。それどころか、世界各地に拡がりはじめている。これまで日本にも、散発的に発生はしていたが、あまり問題にはならなかった。

O－157は腸内に生息し、菌そのものが人体に害を及ぼすというよりは、菌の中にあるベロ毒素が、大腸の壁を破って血管の中に入り、腎臓《じんぞう》や脳の細胞を攻撃する。とくに抵抗力の弱い幼児や老齢者などに猛威をふるうようである。

菌は熱に弱く、経口感染なので食品は高熱滅菌処理すれば、安全である。

体内に侵入した菌は、四～八日間の潜伏期があり腹痛、水溶性下痢から出血性下痢（血便）を起こす。潜伏期間が長いので、感染源がわかりにくくなる。重症になると、ベロ毒素の作用により、急性腎不全の症状を引き起こし、血尿、タンパク尿、尿量の減少などが現れ、また血液中の血小板の減少、赤血球の破壊がひどくなり、貧血が生じてくる。この状態を溶血性尿毒症症候群といっている。

同時に脳障害を生じ傾眠、幻覚、痙攣《けいれん》などを起こして死亡することもある。

治療には抗生物質などの投与がある。これはO－157の繁殖をおさえ、死滅させることができるが、死滅した菌からやっかいなベロ毒素が出て、血中に入り人体に危害を及ぼす。だから、菌が少ない発病の初期には抗生物質は有効であるが、菌が一定以上に増殖した中期以降は、むしろ投与しないほうが望ましいといわれている。

現在は血液交換、輸血、血小板輸血、人工透析など対症療法が主で、ベロ毒素を抑制するような方法は確立されていない。したがって今後の治療としては、O－157を死滅させると同時に、毒蛇にかまれたとき血清療法が有効であるように、ベロ毒素を取り除くか中和するような療法が期待される。

一方疫学的にO－157の感染源を調査すると、菌は動物などの腸内に生息し、その糞《ふん》などに汚染された水などを使用すれば、多くの人々に感染は拡散していく。

具体的には日本で流行した地域を調査すると、小学校での集団発生が多いようなので、給食が原因と考えられ、その先を追跡したが源を突き止めることはできなかった。

疾病は源を絶つことが先決なのだが、それができない。あたかも殺された人がいて、犯人もわかっているのに、捕まえることができない事件に、よく似ている。

善福寺川の浅瀬にうつぶせの女性死体が発見された。昭和三十四年三月十日、午前七時四十分のことである。

あとでわかったのだが、これが当時世間を騒がせたスチュワーデス殺害事件の幕開けであった。

善福寺川は、東京の西北に位置する善福寺池の湧《わ》き水が、杉並区を横断するように流れ、やがて神田川に合流する小川である。

当時は今と違い、川沿いには田畑や空地が広がり、樹々《きぎ》の緑も多かった。

監察医の検死がはじまったのは、死体発見から七時間も過ぎた、その日の午後である。身元はわからず、眼瞼《がんけん》結膜下に溢血点《いっけってん》（点状出血）があり溺死《できし》の疑いがもたれたが、入水自殺なのか過失事故か、他殺なのか、状況についての捜査は進んでいなかった。

とりあえず監察医務院で、行政解剖することになった。

当時私は、大学の法医学教室で溺死の研究に没頭していた。

溺死の診断は、解剖して肝臓や腎臓の中から、水中微生物であるプランクトンを検出することであった。

溺《おぼ》れて水をのみ、肺にまで大量の水を吸って沈み、呼吸ができず窒息死するのが溺死である。コップ二～三杯の水が肺に入っても、大人であれば肺の毛細血管は、その水を吸収してしまうから、窒息死するようなことはない。

水の中にはプランクトンがいるので、微小なプランクトンは水と一緒に血液中に吸収され、全身を循環する。そのときプランクトンは、肝臓や腎臓などの臓器の毛細血管にひっかかる。そのうちに、からだは呼吸ができず、酸素欠乏から窒息死（溺死）する。

したがって、解剖して臓器中からプランクトンを検出できれば、溺死と診断することができる。

もしも死後、水中に死体を投棄した場合は、肺に水が流入しても、死亡しているからプランクトンは吸収されないし、肝臓や腎臓などにプランクトンが入り込むはずはない。

溺死か否かは、臓器中のプランクトン検出の有無にかかっている。

その日の夕方、監察医をしている先輩から電話が入った。

明日溺死体の解剖があるので、プランクトンの検査をしてほしいというのであった。

早速研究室の片隅に器具などを揃《そろ》え、待機した。

ところが翌日、再び先輩から電話があり、予定の解剖は監察医務院で行う行政解剖ではなく、検事の指揮下で犯罪を前提とした司法解剖に切りかわり、ある大学で行うことになったので、悪しからずというのであった。

がっかりした。

研究室は動物実験が主であり、人体の検査は少なかったから、どうしてもやってみたか

った。電話の向こうで、先輩は私の気持ちを察してか、

「いや、ごめん。スチュワーデスなんだよ」

「えっ!!　なんですか。それ」

私は問い返した。

二十七歳のスチュワーデスで、現場は深さ二〇〜三〇センチの小川だから、自殺するような場所ではないらしい。容姿端麗、良家の子女で才媛《さいえん》でなければスチュワーデスにはなれない。若い女性のあこがれの職業であったから、これが変死体で発見されただけでも、大変なニュースである。

さらに彼女のストッキングの底が破れており、靴なしでかなりの距離を歩いたものと思われ、事件に巻き込まれた可能性が高いという。

司法解剖の手続きがとられたのは、そのためであった。

解剖時に肝臓や腎臓をクルミ大ぐらいに切り出して、フラスコに入れる。これに濃硫酸などを入れ処理すると臓器や動物性プランクトンは溶解するが、植物性プランクトンの珪《けい》藻類《そうるい》だけは、珪酸という丈夫な殻でできているので、溶解しないで残存する。これを顕微鏡下で見ると、ちょうど雪の結晶のような模様が見える。これが珪藻類であり、壊機法という検査方法である。

理屈は簡単だが、時間はかかるし無菌的に行うのと同じように、無プランクトン的に行わなければならない。なぜならば、珪藻類の残骸《ざんがい》は水の中ばかりでなく、陸地にもたくさん分散しているからである。

嵐《あらし》の波しぶきで陸地に無数のプランクトンが打ち上げられるし、魚介類はプランクトンの塊《かたまり》であるから、食卓を通じて生活の場にばらまかれている。またビルを建てるにしても、川原の砂利や砂が使われる。これらの中には無数の珪藻類の残骸や破片が存在する。乾燥して風とともに舞い上がり、研究室内にも眼に見えない珪藻類のかけらが浮遊している。検査中に、まぎれ込めばデータはくるってしまう。

警察の捜査は、進展していた。

死因は絞殺で、溺死ではなかった。

何者かに殺害され、川に捨てられたのである。

彼女はクリスチャンで、ベルギー人の神父と親しい関係にあり、死体発見の前夜から早朝にかけ二人は密会していることが判明した。

警察は重要参考人として、事情聴取のため神父の所属する修道院に出向いたが、面会を拒絶されてしまった。

彼女の足取りや身辺捜査から、彼以外に疑わしき人物は出て来なかった。警察は何度か面会を求め、やっとのことで事情聴取にこぎつけたが、無関係を主張するだけでそれ以上の厳しい追及はできなかった。

それから三か月後、体調が悪いことを理由に疑惑を残したまま、神父は突然帰国してしまった。無論、警察には無通知であった。

日本の警察の追及もそこまでである。

そんな馬鹿な!! 人命が失われているのである。犯人か否かは別としても、警察の疑問は、われわれ日本人の疑問でもある。誠意をもって対応してもらいたい。

そう思うのだが、法律や国際上の壁にはばまれて、それを乗り越えることはできなかったのである。

二度とこんなことがあってはならない。

ベロ毒素を残したまま、源を追求し得ないO－157にも似たいやな事件の結末であった。

8　安楽死

私が東京都の監察医をしていたころ、都立病院のドクター達は看護学校の講義を担当していたが、病院には解剖学を教えられるドクターは少ない。学校側は講師を探すのに苦労していた。

そんなことから、毎日変死体の検死、解剖をしている監察医に講義を担当してもらえないかという話になった。

医者になって十四年目、大学で法医学の講義はしていたが、解剖学の講義はしたことがない。専門分野が違うので尻《しり》ごみしたが、助けてほしいといわれて出向いたのが始まりである。

現役をリタイヤした今も、その講義は続きかれこれ三十年になる。

解剖学は地理と同じで、ここが北海道でここが本州、四国、九州だよと説明しているだけだから、学生は寝てしまう。眠ってしまっては講義は成り立たない。

そこで私は、骨の項では白骨事件、循環器の項では刺傷事件、呼吸器の項では首吊《くびつ》り事件、肝臓の項では慢性アルコール中毒の話、神経系の項では老人の自殺の統計など、自分が体験した事例や研究データをスライドに映写して話をすすめる。もう寝ている学生はいない。びっくりしてスライドを見ている間に解剖学の講義をする。

そんなある日、大学病院で事件が起きた。

平成三年四月、入院中の末期癌《がん》患者に、主治医が家族から懇請されて、塩化カリウムを注射し死亡させたというのである。安楽死事件であった。

翌平成四年七月、医師は殺人罪で起訴された。

安楽死をめぐって、医師の刑事責任が問われたのである。

従来、安楽死は自宅で回復の見込みがなく、痛み苦しむ家族に対し、身内のものが見るに見かねての行動がほとんどであった。しかし、今回のケースは病院の中で、医師と看護婦が医療チームをつくって対応しているまっただなかで起きたのである。

他人ごとではなく、ショックは医療人である私達を直撃した。

起訴に至った背景には、昭和三十七年名古屋高裁での安楽死に対する判決が、深くかかわっていた。それは安楽死が法的に認められる場合の条件を、具体的に明示していたからである。

脳溢血《のういっけつ》で倒れ、激痛から「殺してくれ」と訴える父親に、殺虫剤を入れた牛乳を飲ませて死亡させた息子が、殺人罪に問われた裁判で、昭和三十七年十二月名古屋高裁は、安楽死が罪にならないケースとして、許容の六条件を明示したのである。

一、不治の病で、死期が目前に迫っている

二、患者の苦痛が見るに忍びない

三、苦痛の緩和を目的とする

四、患者本人の嘱託、承諾がある

五、原則として医師の手による

六、方法が倫理的に妥当である

しかし、この事件では五と六の条件に欠け、医師の手によらず、また死亡させる方法が殺虫剤という毒物で、安楽死の概念から逸脱しているとされ、嘱託殺人罪が適用され、懲役一年、執行猶予三年となった。

しかし、この六条件が満たされるならば、安楽死は容認されるというものである。

なるほどとうなずけそうなのだが、医師という立場で私なりに考えれば、五つ目の原則として医師の手によるというのは、納得がいかない。

安楽死をなぜ医師がやるのかを、法律家にいやそればかりでなく国民全体に問いただすべきではなかったかと思うのである。

医師の使命は、命をサポートすることで、死への案内人ではないのである。この事件が起こったとき、医師達は何の反応も示さなかった。

そんな議論がないまま、ついに事件が病院の中で、医師の手によって発生してしまったのである。

医療人である我々が、安楽死に直面する場合、必ずしも治療の側に立っているとは限らない。自分自身が患者であることもあるであろうし、また家族の一員である場合もあり得るのである。これら三様の立場に立って、安楽死を見つめ考え直すことは、医療人にとってきわめて大切なことである。

生を支える医学であるが、生あるもの死は必然であり、死を見とどけるのも医療人の役割である。

しかし、自らの手によって死を与える安楽死の問題が提示されたとき医学、法律、倫理、宗教を含め、人道的にどう対応するべきか、とまどいを感ずるのも事実であろう。

われわれ医療人は、この問題を評論するのではなく、評論される立場にあることを自覚し、自分自身の問題として考え方をまとめるよう、看護学生の夏休みの宿題にし、レポートで書いてもらった。

大学病院の安楽死事件について、自分なりに判決文を書くつもりで、まとめるようにと指示した。

担当医師が殺人罪で起訴された時期であったから、学生達は新聞や週刊誌などを読み返し、知識の収集につとめた。

東京都立公衆衛生看護専門学校（二年課程）の一年生百二名のレポートは、すばらしいものであった。

すぐ月刊誌「看護教育」（医学書院、三十四巻、二号、一九九三年）に投稿した。

要約すると、安楽死に賛成するもの七十五名、反対十名、わからない十七名で、圧倒的に賛成が多かった。

しかし、末期医療のあり方を検討するべきであるとの意見もあり、また安楽死許容の六条件は三十年以上前に示されたもので、現代の医療に必ずしもマッチしたものではないから、見直すべきであるとの意見もあった。

安楽死に反対する十名（一割）の意見は、わが国ではまだ脳死や尊厳死も容認されていないので、この状況下で医療の中での安楽死が認められれば、水が低きに流れるごとく、悪用される恐れがあると警戒していた。

難しい問題で結論を出しかねるとするもの十七名があり、考えれば考えるほど結論を出しにくい問題でもあった。

脳死を人の死と認めるべきか否かを決めかねているのと同じように、安楽死も医療人の立場、家族の立場で考えると、それぞれに違った意見になって、統一見解は出しにくく、自己矛盾に陥りやすい。

次に有罪か無罪かの質問には、医師は有罪としたもの七名があった。これはいかに安楽死が合法的であったにせよ、医療人としてやってはいけない行為であるとの理念に基づいている。

医師無罪とするものは三十五名で、有罪の七名を大きく上回り、医師に同情的意見が多かった。

さらに医師を有罪にするならば、安楽死を執拗《しつよう》に懇請した家族も有罪とするものが六十二名と、圧倒的多数を占めた。家族の懇請がなかったならば、この事件は起こらなかったと、家族の態度を批判している。その中で一人だけ、安楽死は医療側の責任ではなく、これを懇請した家族側に問題があるので、家族側のみ有罪であるとの意見があった。

また組織だった大病院で起きたケースを、一人の医師だけに責任をおしつけるのは、不合理で、全体責任と考えるべきであるとするもの十五名がいた。

いずれにせよ、各自が安楽死について考え、まとめたレポートには看護学生としての哲学があり、どのレポートもすばらしいものであった。

三学生の意見を紹介しよう。

A子のレポート

今回の事件について、終末期に医療や看護ケアが、患者や家族に正しく行われていれば、医師は大学病院でこのような悲しい事件を起こさずにすんでいたかもしれない。終末期にある患者に対しての懸命な医療は、患者やその家族の苦痛を助長させるだけである。

末期癌患者には、除痛のコントロールを正しく行い、穏やかに死を迎えられるよう、精神的な援助を行うことにより、死にゆく人は、最後まで人間らしく生を全うすることができる。

家族も愛する身内の死に対して、永遠に別れることは悲しくつらいことであるが、恐ろしい病と戦いながらも激痛のため精神状態が危機に陥ることがなく最後まで安らかでいられたならば、家族も含めたターミナルケアを施されていたならば、この事件の家族の行動は、起こらなかったのではないか。

とあった。ターミナルケアのあり方、医師が受け持つ以前に良い医療、良い看護がなされていなかったために起こった事件ではないかと書いている。

B子のレポート
人間は心身ともに疲労した状態においてパニック状態にある家族の執拗な懇請を、うまくくぐりぬけるわざを持ち合わせているものだろうか。機械的な対応に優れた医師ならば、可能であるかもしれないが、人間的であればあるほど、困惑し、このような行為に至ってしまったのではないだろうか。
また医師を取りまく環境にも、問題はなかったのだろうか。治療は医療チームの協力によって成り立っている。ところが、なぜか医療チームの登場がないのが不思議である。この事件は医師の単独行動であるが、責任の所在はチーム全員あるいは、病院にもあるのではないだろうか。

と自らも医療従事者の一人として、さまざまに思いをめぐらせている。

C男のレポート

今回の事件は全人間として生きてもらいたいと願う看護サイドの意見と、生命のある限りあらゆる手段を使ってもという医療サイドの双方の考えにギャップが生じたためと考える。

全人間として生きてという考えは、生命としてすでに生きた状態にあると判断してよいと思う。そして生命のある限りは、有限でいつか死を迎えるという考えが根底にあると思う。つまり生物体として存在するものに手だてを加えることで、無限と有限を加味した病者に対して周りのものは、いろいろと考えをめぐらせるので、答えを出そうと急ぐと落ちこぼした物が見えなくなる場合がある。納得のいく答えはさまざまの妥協点を生む。看護するものがあれはおかしいといった背景には、医療行為への意見である前に看護観に反した行為がそこに見えたからではないだろうか。

看護の概念と医学の目指す道が対立のかたちで、現れていると彼はいう。

それぞれの哲学を、熱く語ってもらった有意義な宿題であった。

安楽死 euthanasia の問題を看護学生の立場で、しかも広い視野に立って観察し、評価するのではなく、自分の問題として意見をまとめたことは非常によかった。

教室の授業だけが学問ではない。社会との関連の中に本当の学問、勉強があることを知ったのも、大きな収穫であった。

9　宇宙人解剖

私は臨床の経験のないまま法医学を専攻し、東京都の監察医になった。変死者の検死、解剖をやりながら多くの事件にかかわってきた。その三十数年をふりかえれば、日本の犯罪史とともに歩んできたといっても過言ではない。

事件はひとつひとつが人生ドラマそのものなので、医学以外にも多くのものを学びとることができた。

ある日、テレビ局から電話が入った。

今から四十八年前に撮影した解剖の記録映画がある。ご覧いただきコメントしてほしいとのことであった。おおよその内容はと聞き返したが、説明して先入観を持たれるよりも、いきなりご覧いただき感想を頂戴したほうがベターだからと、一方的に約束させられてしまった。

大学で専門分野の法医学の講義をするときでも、前もって綿密に講義内容を構成し、参考資料、文献などを用意して教壇にのぼるのがあたり前なのだが、準備なしのいきなり本番では、十分なコメントはできないと思っている私に、テレビ局はいったい何を求めようとしているのだろうか。

約束の日、五名のスタッフがカメラなどの器材をかかえて、私の家にやって来た。

これからご覧いただくビデオテープは、昭和二十二年にアメリカで撮影された、解剖記録です。先生がご覧になっているところから、撮影させていただきます。

ビデオが回りはじめた。ナレーションも音楽もない。白黒の絵が流れ出した。

解剖台に全裸の遺体が置かれている。大人の体形であるが、執刀医に比べると子供のような身長である。頭部がその他の部分に比べてやや大きく、しかも頭毛がない。乳房、外陰部がボヤケた映像なので性別もわからない。さらに手足の指は、数えて見ると六本あり、バランスがよいので奇形には見えない。

「人間なの？」

思わず私はスタッフに質問した。

「宇宙人らしいのです」

「えっ!!」

私は絶句した。

ディレクターは、ここではじめて真相を打ちあけたのである。

私の驚きの表情がカメラに収められた。スタッフは満足げに、私を撮り続けている。

宇宙人の存在など考えたこともなかった。私の知る宇宙には無限の星があり、その星は鉱物ばかりで生物はいない。それなのに、この地球上に他の惑星から宇宙人が飛んできたというので、まさかと思ったが、目の前に映し出された宇宙人の死体には、ただ驚くばかりであった。

私は人間の死体を相手に仕事をやってきた。遺体の死亡前後の状況は、まるでわからないから、なぜ死亡したのかを丹念に検死、解剖をしながら究明することに専念してきた。そして、ものいわぬ死者の人権を擁護してきたのである。あくまでも、それは人間であった。

ところが目の前に映し出された映像は、人間の形態はしているがわれわれと同じではないようだ。

宇宙人なのか？　そんなはずはない。

いったい、なにものなのか？

執刀医は頭に白い帽子をかぶり、口にはマスクという姿が、普通の解剖時のスタイルであるが、ここに映っている人達は頭からすっぽりと予防具をかぶり、目のところはガラス張りになって、潜水夫のような格好である。放射能を避けるためなのか、あるいは予想もしない細菌などを防御するためなのか、ものものしい出立《いでた》ちである。

遺体の右手側に執刀医、左手側に解剖助手がついて解剖がはじまった。

手術用のメスで胸から腹へと、からだの中央を縦に切開する。切開部からわずかに血液が流れ出た。

胸が開かれ心臓や肺らしきものが取り出されるが、なぜか映像はボケてはっきりしない。心臓なのか肺なのか。そして人間のものなのかどうかも、コメントできないほど映像は不鮮明である。そして遺体の右手側に立っていた執刀医は、いつの間にか画面から消え、左手側に立っている人物が解剖を続けている。解剖刀は手術用のメスより数倍大きいのだが、なぜか手術用の小さいメスを使用している。

さらに、宇宙人の解剖であれば、取り出した臓器はアップで丹念に撮影し、人類とどこがどのように違うのか、似ているのかを執刀医は比較説明するのが当然だろうと思われるのだが、そのような解説はまったくない。坦々と解剖はすすめられていく。もしかすると執刀医は医師ではないのかもしれない、と疑惑さえ覚えてくる。

腹部が開けられ肝臓や腸らしきものが取り出されていく。全体の感じでは人類とほぼ同じ構造のようなので、もしもこれが宇宙人だとすれば、地球と同じ環境の惑星がこの宇宙のどこかにあって、そこから飛んできたのかもしれない。それにしても私は、宇宙の知識に乏しい。

ディレクターの話によれば、昭和二十二年アメリカの原爆基地ニューメキシコ州ロズウエルという砂漠地帯にＵＦＯが墜落した。第二次世界大戦が終わって間もない時期であったから、宇宙人が攻めてきたとアメリカ中は大騒ぎになった。

翌日、トルーマン大統領は、宇宙人ではなく観測気球が墜落しただけだから心配しないようにと、コメントを発表し国民は落ち着いたが、なぜか噂《うわさ》が潜行した。

それは、翌日基地の兵隊がおそるおそる墜落物体の中を覗《のぞ》くと、数名の宇宙人が死亡していた、というものだ。その中の一人を基地の軍医が密《ひそ》かに解剖した。当時これを解剖したドクターらは、すでにこの世にはなく、記録映画を撮影したカメラマンだけが、高齢ではあるがアメリカに生存しているという。そのフィルムがなぜか一九九五年七月、突然アメリカをはじめ、四十四か国で一斉に発表され、センセーションを巻き起こしたという。日本ではフジテレビがフィルムを入手し、本当に宇宙人か否かを、先生にご検討をいただきたいというのである。同時にある有名な映画監督には、約五十年前の白黒フィルムによる記録映画として、矛盾はないかを検証していただいているというのである。

画面は頭部の解剖に移っていた。

解剖術式は人体のそれと同じ手順であり、かなり慣れた手さばきである。

頭蓋骨《とうがいこつ》が開けられると、脳の表面が見えてくるが、なぜか黒ずんだ状態になっている。どうも、クモ膜下出血を生じているようであった。白黒フィルムでは、出血で赤くなった部分は黒く映るので、はっきりとはいえないが出血のようである。

取り出した脳はくずれているので、頭部に強い外力が加わって脳がくずれ、外傷性のクモ膜下出血を生じているもののようであった。しかし、画像はぼんやりして正確な所見を見ることはできない。

そのうちに解剖の画面は突然終わって、機内の壊れた機械の破片と思われるものが映し出され、中には文字らしきものも見えるのだが、何なのかはわからない。

映像は二十分ぐらいで終わった。

不思議な世界を垣間見《かいまみ》た感じで、コメントを求められたが、驚きととまどいですぐにはまとめきれない。

人体に非常によく似ているが、これは人間だときめつける映像を指摘できる箇所がない。かといって宇宙人かといえば、これもまた同様に画面がボケていて確かな所見はつかめない。それでは、宇宙人らしき模型を人工的に作って撮影したかといわれると、メスを入れるとかすかに血が流れ出たりして、かなり精巧にできており、偽物とも考えにくい。

また右大腿部《だいたいぶ》全面から下腿部にかけ皮膚、筋肉がえぐれ大腿骨、膝関節部《しつかんせつ》が露出し、それらの部分は黒くこげている。その他の部位には損傷は見当たらない。この外傷は墜落外傷ではできないものと思われると、私はコメントした。ディレクターは、それではどのような外傷が考えられますかと質問してきた。

飛行機が墜落したとき、あるいは交通事故などの場合に生ずる外傷は、激突外傷だから打撲傷や骨折などが主で、筋肉がえぐれ黒くこげるような外傷は生じない。これは爆発外傷だと思います。大腿部、膝関節部で爆発物が炸裂《さくれつ》しなければ、このようにえぐれて黒くこげた外傷はできないだろうと説明した。

私の自宅での録画どりは、三時間くらいで終わった。

ディレクターは、これからいろいろな専門家にコメントをいただき、来年早々には二時間の特別番組で放送したい、その折りには、是非先生のご出演をお願いしますといい残して、スタッフと引きあげて行った。

人の死にまつわるトラブルを、法医学的に観察してきた自分の狭い視野の中に、突然宇宙という得体のしれない魔物のような巨大なテーマが持ち込まれた。小さな地球という一つの惑星の中で生きている人類、その中の一人の人間が自分である。

地球にはさまざまな生物が生息している。とりあえず地球は人類が征服、支配しているが、いつまでこの状態が続くのかはわからない。他の生物も生存競争をして、われわれ人類にかわって地球の制覇をねらっているのかもしれない。

それが猛獣なのか、ゴキブリなのか知る由もない。かつて地球上には人類が誕生する以前から恐竜やマンモスなどが生息していたが、いつの間にか滅亡してしまった。

パキスタン南部のインダス川下流域にインダス文明の都市として栄えたモヘンジョダロの遺跡がある。公衆浴場、穀物倉庫、荷揚げ台のある城塞《じょうさい》や下水道など煉瓦《れんが》を使用し、計画的に整備された都市になっている。しかし、歴史の中で、あるとき忽然《こつぜん》とその文明は跡《と》絶《だ》えている。

原因はペストなどの伝染病の流行によって、短期間に住民が全滅したためであろうと考えられている。真偽のほどはわからぬが、ペストは十四世紀にヨーロッパで大流行し、人口の三分の一といわれる二千五百万人の命が失われたことを考えれば、納得のいく話でもある。

ネズミにつくノミを介してペストは人に感染するのだが、彼らは地球を制圧している人類を滅ぼし、自分達がそれにとってかわろうとしたのかもしれない。もしそうだとすれば、これはおもしろい。

ペストが人間を死に追いやって、勝利したとき、菌自身は征服者として君臨したのもつかの間、生存できる基地としての人体がなくなったのだから、自分自身も滅んでしまったのである。

エイズ・ウィルスも病原性大腸菌O－157も同じ野望をもっているのかもしれない。生きるものの生存競争は熾烈《しれつ》であるが、戦いに勝つだけではだめなのである。そこに征服者としての叡智《えいち》がなければ、勝ち残れないのである。

間もなく、茶の間に向けて「宇宙人は解剖されていた」というショッキングなタイトルのもとに、テレビ放送された。

解剖時の映像がそのまま流され、高視聴率が得られたようであった。嘘だ本当だと目くじらを立てて、議論することもないだろう。現代のおとぎばなしとして、とらえればよいのである。

それにしても、宇宙人は、何を目的に地球にやってきたのだろう。

攻撃のためか？

偵察に来たのか？

親善を目的にしているのか、それともどこかの惑星にいく途中、あやまって地球に不時着したのか。あるいは惑星の中で生存競争にやぶれ、地球に逃亡して来たのか。

いずれにせよ、その目的は判然としない。そしてなによりも、この宇宙人の話から彼らの叡智を感じとることができなかったのは、残念であった。

10　誤原病

名医といわれ社会的にも信頼の厚い医師がいた。患者を診察中、そのドクターは個人的な悩みごとを思案しながら、患者の胸に聴診器をあてまわし、苦悩に満ちた顔をしながら、一言の会話もなく、首を傾げて診察を終え、薬をくれた。

患者は、自分の病気はあの名医が苦悩し首を傾げるほど、悪い病気になっているのかと思い込み、たいした病気ではなかったものが、悪化してしまった。これは医師の不注意、無責任のために患者が精神的打撃を受けて、機能的障害を起こしたものだ。

医師は患者に対して責任の座にあり、患者を救い疾病を治すべきなのに、不注意のために逆に病気をつくっていると、一九三〇年代にアーサー・ハースト（Arthur Hurst）は医原病（Iatrogenic Disease、医師が原因で起こる病気）という言葉を用いて、世にアピールした。

医師として、これは襟を正して聞き、反省せねばならないことである。

しかし、こうなる前に患者は医師に、私の病気はどうなのかを質問するべきであったと思うし、医師もまた聞かれるまでもなく、診療を終えた時点で、病状や治療についての説明、指導をするのが当然のことだと思う。一言の対話もなしに診療を終えるから、患者側に不信、不安がつのり、医原病などと非難されるので、これは医療人としておおいに反省せねばならないことである。

双方にとって不幸な結果にならないよう、注意すべきである。

以来、医原病という言葉は、無批判に拡大使用されてきた。しかし、今日の進歩した医療体系から、医原病のいわんとする真意はわかるが、概念は整理されハーストのいうイメージとは違ったものになってきている。

これは、医師以外に重大な原因があって、器質的障害を伴うもので、道徳的要素を取り除いた医学的文明病というべきものを、医原病というべきであると考えられるようになったからである。

つまり薬の副作用的なものとか、手術後の体調不良などを薬原病、手術原病などというようになった。

それはともかく、医原病はもともと医師と患者、双方の思い違いからはじまったものである。

検死の現場にも、これに似た思い違いを見ることが多い。

自殺の場合、のど笛を切るという言葉が昔からある。実際にはのど（前頸部《ぜんけいぶ》）を切ったのだが、気管が切れただけで、その切り口から空気が出入りし、ヒューヒューと呼吸をして死ねず、手段を変えて屋上からとび降り自殺をしたケースがあった。

また睡眠剤による自殺の場合、錠剤を五〜六錠ずつ水と一緒に服用する。自殺するためには大量にのまなければならないので、これをくりかえす。そのうちに胃袋は水で満杯になる。ベッドに横たわって間もなく、嘔吐《おうと》してしまい死ねなかったというケースもあった。

ガス自殺もひところ同じような現象が見られた。

東京ではかつて都市ガスによる一酸化炭素中毒が、自殺のトップを占めていた。

当時の都市ガスは石炭ガスで、一酸化炭素が主成分であった。これを吸入すると血液中の赤血球は、酸素よりも一酸化炭素と強く結合する（酸素よりも二四〇倍も強く結合する）ので、一酸化炭素ヘモグロビン（ＣＯ－Ｈｂ）を形成して、赤血球は酸素と結合できず、体内の組織に酸素を供給できなくなり、つまり内呼吸ができずに死亡してしまうのである。

ところが、昭和五十年代になると、都市ガスは徐々に天然ガスやプロパンガスに切り替わり、吸入しても中毒を起こすことがなくなった。このガス切り替え時期には、いろいろな事件が起こった。

台所の生ガスを放出して自殺を図ったが、なかなか死ねず、何度かくりかえしているうちに、家人に発見され未遂に終わったとか、死ねないので自殺をやめた人もいた。

ガスの成分が違うことを、知らなかったためである。

しかし、死亡したケースもある。

これは空気より重い天然ガスやプロパンガスが床面にたまり、空気が上方に押し上げられ、酸素欠乏になって死亡したもので、中毒死ではなかった。本人は知ってか知らずか、目的を果たすことができたのである。

また暗い夜など、現場に入って来た人が電気をつけると、室内に充満していたガスが、スイッチの火花に反応し爆発火災になるケースも多々あった。

自分だけの自殺はともかく、爆発火災になると多くの人々を巻き添えにすることが、社会問題にもなり、また中毒死しない成分であることもわかって、この手の自殺はなくなった。

これらの事例は、いずれも本当のことを知らなかったために起きたもので、社会的に無知原性の事件といえるかもしれない。

他殺の場合にも、同様の思い違い事件がある。

昭和三十四年のことである。空気を注射すれば、死因がわからず完全犯罪ができるという話を聞き、男は精神障害のある姪《めい》に生命保険をかけ、約四三ミリリットルの空気を皮下に注射した。しかし姪は、めまいを訴えただけで、生命に異状はなかった。間もなく事件は発覚し、男は逮捕された。

空気を注射すれば、人は死ぬといっても、皮下注射では意味がない。その辺の分別もなく、話を信じて犯行に及ぶところが、素人の滑稽《こっけい》さである。

裁判になり弁護側は、被告に殺害の意思はあったが、このような無知なやり方では人は殺せないし、実行はしたが科学的にも、社会通念上から判断しても、期待したような結果は生じないので、いわゆる不能犯といえるもので、無罪か減刑に相当すると主張した。しかし、裁判官は空気を注射して殺害しようとした行為は、殺人未遂であり不能犯でないとし、懲役五年の判決を下した。

静脈に空気を注射すれば、空気は肺循環に流入し、多量の場合はその空気のために肺は蒼白《そうはく》になり、左心室には血液ではなく空気が送り出されるから、左心室は空虚となって急死する。解剖すれば死因は明らかで、完全犯罪などできるわけがない。

まことしやかな巷《ちまた》の噂《うわさ》には、なぜか嘘《うそ》が多いものである。

今度は、本人達の思い違いではなく、これを扱う第三者側の思い違いについて述べてみよう。

いじめられっ子の逆襲事件などは、まさに第三者側の思い違いの代表的事例である。

学校へ行きたくないと、子供が訴えたとき、両親は共稼ぎで忙しいから、勉強がいやなのだろうぐらいの理解で、ろくにわけも聞かず相談にものらずに、千円あげるから、学校に行きなさいなどと安易に小遣いを渡す。子供を慰め、はげましたつもりで親はことはすんだと思っている。ところが学校へ行けばクラス全体から自分一人がターゲットにされて、いじめられる。そのことを親にはいえない。先生に相談しても、解決しない。友人に話をしても、味方になればクラスメイトたちから同じいじめにあうから、煩《わずら》わしいことにかかわらないほうが無難だと、大人びた考えから相談にはのってくれない。一人ぼっちになってしまう。

いじめる方といじめられる方の精神的ギャップを生徒と先生だけではなく、親も子もそして日本人全体が理解しないと、いじめはおさまらない。

弱い者いじめをする精神構造の貧困さ、屈折した自分の心を恥ずかしいと思わないのだろうか。そのことに早く気づいてほしいものである。

なるほど現場は血だらけで、散乱しメッタ打ちされて二十も三十もキズがあり、被害者の顔は血だらけで変形し、原形をとどめていない。誰が見たって惨殺としか映らない。

しかし冷静に法医学の眼で現場を見、死体観察をすると、必ずしもそうではないことがわかってくる。

全身に二十も三十もの挫創《ざそう》や打撲傷が散在しているが、生前に受けた外傷つまり生活反応のあるキズは二個か三個である。その他多くのキズは死後のキズで、生活反応のないキズであることがわかってくる。

つまり加害者は不意打ち的に被害者を襲い二〜三回頭を強打する。被害者は致命傷を受けて倒れる。しかし、弱者が強者に立ち向かっているので、中途半端なキズでは相手は起き上がってくる。起き上がってくれば、自分がやられてしまう。その恐怖のために狂乱状態になって、相手が生きているのか、死んでいるのかもわからぬままにメッタ打ちをする。そうしないと自分が不安なのである。結果としてメッタ打ちになる。

二十も三十ものキズ全部が生前のキズだと思うから、残忍な犯行に見えてしまうが、生活反応のある二〜三個のキズと、生活反応のない多数のキズを見分けることができれば、加害者の行動、心理状態を理解することができるのである。

残酷な性格であるがゆえに、メッタ打ちしているのではない。自《おのず》と事件の真相は見えてくる。

しかし、こうした事件が発生すると、どうしてもメッタ打ち、残忍な逆襲と報道されてしまう。これは第三者の思い違いなのである。いわゆる社会的誤原病かもしれない。

法医学者だけではなく、事件を報道する側、扱う警察側、そしてこれを裁く裁判所側にも、このことを十分わかってほしいと思うのである。

11　自分のからだ

人体の最小単位は細胞である。

日頃考えてもみない自分のからだの成り立ちを見直してみると、実に興味深いものがある。

肉眼では見ることのできないミクロの、きわめて小さな存在が細胞で、これが約六十兆集まって人体を構成している。その細胞が集団となって一つの組織を形成する。さらに組織が集まって肝臓とか腎臓《じんぞう》、胃、腸などという器官となり、同じ器官がある目的のために集合して系統をつくる。骨格系統、筋肉系統、循環器系統、消化器系統など十系統が集まって、人体はできあがっている。

人間のからだを建築物にたとえれば、具体的でわかりやすい。

それでは、ビルの最小単位は何でしょうか。考えてください。

そう、一粒の砂（細胞）なのです。砂が集まってコンクリートブロック（組織）をつくり、これが集まって部屋、廊下、トイレ、台所など（器官）をつくり、部屋系統、水道系統、電気系統などがあつまって、ビルは完成する。

つまり人間のからだは、細胞の集合体である。社会の機構にも似ている。

運動して汗をかくと、のどが渇き水が欲しくなる。これはからだの中の個々の細胞が働いて、エネルギーを出し水分が失われるから、集合体の主に水を飲めと訴えているのである。コップ一杯の水を飲むと、腸から水が吸収され、からだの中の細胞に水分を補給することができるので、細胞たちは満足する。満足した細胞たちはOKサインを出すので、主は水を飲むのをやめるのである。

空腹になったり、眠くなったりする人間の行動は、実は個々の細胞が要求しているからで、これを満足させるために、主は行動しているようなものである。だから細胞が要求しないのに、暴飲暴食をすれば腹痛を起こしたり、嘔吐《おうと》したり、下痢したりする。

アルコール依存症などはそのよい例である。

細胞の中のミトコンドリアは、アセトアルデヒド脱水素酵素を生産している。酒に強い人は、酵素活性が強いのでアルコールを肝臓でアルデヒドに分解したあと、さらに水と酢酸に分解してしまうから、酔わない。ところが酒に弱い人は、酵素活性が弱いのでアルコールをアルデヒドには分解できるが、それ以上の分解ができないから、血液中にアルデヒドが出回る。これが酒酔いの症状である。

この酵素活性の強弱は、親譲りの遺伝で決まっている。

酒好きな人は、連日このような代謝をくりかえしているうちに、細胞はそのような働きを好み、習慣性を持つようになる。そうなるとアルコールが体内に入ってこないと、細胞たちは調子が悪くなり不満をいい、主に酒を飲めと訴える。それにこたえて飲酒すると、細胞たちは調子を取り戻す。そんなことをくりかえしていると、アルコール依存症になって脂肪肝から肝硬変と病気は進行して、寿命を縮めてしまう。つまり細胞のいいなりになっているからである。そう考えると、自分はいったいなんなのだ。いたずらに細胞にふり回されているのではなく、理性で彼らをコントロールし、自分の中の細胞と上手につき合うのが、本来の自分であり、健康を保つ秘訣《ひけつ》であることが、わかってくるであろう。

また細胞には再生能力があるから、こわれても分裂増殖をくりかえし、修復する。日焼けしてひと皮むけても、下から新しい皮膚ができてくるし、外傷を受けても、骨折をしても適当な治療をすれば、そのうちに治って機能も回復する。これは欠損した細胞を別の細胞が分裂増殖して補うからで、毛がのび爪《つめ》がのびるのと同じである。

ところが神経細胞だけは例外で、再生能力がないという重大な特性をもっている。病気や外傷で神経細胞がダメージを受けると、一生その補充はつかない。われわれ人間は約百四十億の神経細胞を持って、生まれてくるといわれているが、なんらかのアクシデントによって、神経細胞のいくつかが壊れると、その人は補充がきかないから、欠落したまま残る余生を送らねばならない。また年をとるとものの忘れがひどくなるのも、脳の動脈硬化によって、多くの神経細胞が欠損したためと考えられる。

こうしてみると、臓器の中で一番大切なのは、脳だということがわかる。大切だから周囲は、頭蓋骨《とうがいこつ》という堅い骨でガードされている。その次に大切な臓器は心臓と肺である。これらはあばら骨によってガードされ、あまり重要でない臓器はお腹に納められ、皮膚や筋肉に保護されるだけで、骨のガードはない。臓器はそれなりにランク付けされて、収納されているのである。

その昔、お腹の胃腸や肝臓たちが、創造の神にお願いに行った。肝臓や胃腸がなければ人間は生きられない。われわれを軽視しないで、脳や心臓と同じように骨でガードしてほしいと。しかし、創造の神は偉かった。君達のいい分はよくわかるが、大切だからといって、お腹まで骨でガードしたならば、カニのようなあるいはカブト虫のようなぎこちない動きしかできなくなる。骨のガードなしに自由に動けるほうが、将来君達は地球を制覇し、人類としてのすばらしい文化を築くことができるのだからと、納得させた。

これは私のつくり話であるが、創造の神がすばらしいのは、このことばかりではない。男と女が愛し合い、求め合うのは細胞というミクロの中に、謎《なぞ》が秘められている。人間の細胞の中にある遺伝情報をもつ染色体は、四十六個（常染色体四十四個、性染色体二個、計四十六個であるが、性染色体は男XY、女XXである）ある。

ところが性細胞（生殖細胞）である精子は、減数分裂して染色体は二十三個と半分しか持ってない。卵子も同様である。この状態では精子も卵子も半端もので一人前の細胞ではないから、分裂増殖することはできない。だから精子と卵子は求め合い、合体して染色体が四十六個の一人前の細胞になりたがっているのである。

性の決定も減数分裂した染色体の中に、原因がある。

精子は常染色体二十二個と性染色体一個Yをもつ（22＋Y）ものと、Xをもつ（22＋X）ものに二分されている。卵子はつねに（22＋X）染色体であるから、この卵子（22＋X）に（22＋Y）をもつ精子が合体すれば（44＋XY）の受精卵ができ、男の子が生まれてくる。（22＋X）の精子が合体すれば、女の子の誕生になる。

できあがった一個の受精卵は、細胞分裂をくりかえし、十か月後には増殖して六十兆の細胞をもった一人の生命誕生になるのである。

半端もの同士が求め合う行為が男と女の営みであり、装飾されて恋とか愛とか呼ばれている。

理屈ではそうなのだが、これを度外視した事件があった。

第二次世界大戦が終わって間もなく、日本の性風俗が乱れ、東京に男娼《だんしょう》が横行したころの話である。

彼らの中には睾丸《こうがん》や陰茎を切断し、女性のように形成手術をしたものがいた。しかし、このような手術は医療といえないと、論争になった。

病気を治したいのと同じように、女性になりたいのだから、手術は医療であると主張したが、奇形でもない健康な男性がそのような手術をするのは、医療ではないと退けられた。

つまり性転換手術は、優生保護法第二十八条（禁止）〔何人もこの法律の規定による場合の外、故なく生殖を不能にすることを目的として手術又はレントゲン照射を行ってはならない〕あるいは医師法第一条（医師の任務）〔医師は、医療及び保健指導を掌《つかさど》ることによって、公衆衛生の向上及び増進に寄与し、もって国民の健康な生活を確保するものとする〕これらの法律の精神に反する行為とされたのである。

以来、わが国では性転換はタブーになった。

しかし、最近新しい動きが出てきた。性別同一性障害という考え方である。

生物学的、形態学的に異常はないが、からだと心の性が一致しない状態をいい、具体的にはからだは男なのだが、精神的には女で、自分の男性器に嫌悪感があって、登校拒否になったり、精神科の治療を受けるなど、あるいは女性ホルモンを注射するなどして、女としての生活を続けている。できることなら早く、性転換したいとの希望をもっている。

逆に女のからだなのだが、精神的に男である性別同一性障害もある。

このことについて、現在論議中で結論は出ていないが、待てない人々は性転換を容認する国へ行き、手術を受けているという。

このように、医療とは何かを見直していくと、いろいろな問題が浮かび上がってくる。たとえば豊胸、隆鼻、二重眼瞼など美容整形手術は健康保険は適用されないが、合法とされている。

しかし、医師が行った手術に、オウム事件で明らかになった指紋消し手術がある。

これは医療とはいえない。

指紋の照合ができないようにするための、いわば証拠隠しにほかならない。たのまれても、医師がやるべき行為ではない。

指先の指紋を切除し消したとしても、犯行の現場には、その周辺の手掌紋もつくはずである。だから本当に指紋を消そうとするならば、掌全体の手掌紋を消さなければ意味はない。医師でありながら、法医学を知らないから、素人的発想で手術している。やる方もやられる側も、滑稽《こっけい》としかいいようがない。

また同じような手術に、ヤクザの小指詰めがある。

本来はあやまちの責任を取り、反省の意味をこめて、誓いの証《あか》しに自らの小指を切り落としたのである。最近はこのようなことはなくなったが、一時期恐くて自分で指を切り落とせないからと、医者に行き麻酔をかけて切断手術をしてもらったケースがあった。

これも医療ではない。

私は法律家ではないので、くわしいことはわからないが、医療として美容整形手術は認められるが、性転換手術は違法となる。それでは指紋消しやヤクザの小指詰めはどうなるかというと、前例はないしどのような法律に違反するのかもわからない。しかし、これは法律の問題ではない。医療人としての倫理、哲学に反することはやってはならない。やってはならないことは、やってはならないのである。

性転換に付随してもうひとつの問題がある。それは手術を受けた人の戸籍がどうなるのかという点である。現在の日本では性別の変更は不可とされている。

性転換というと、男が女にあるいは逆に女が男になると思いがちであるが、実は男の睾丸を除去し、外陰部を女性器のように形成するだけで、卵巣を移植するわけではない。細胞の核の中にある、染色体に変更が生じてもいないのである。医学的には男が女になったのではなく、睾丸も卵巣も持たない、いわば中性になっただけなのである。性転換ではなく、中性手術であることを社会に知らしめるべきである。

本人は女になったつもりかもしれないが、実は中性なのである。そのことを自覚したとき、中性としての新たな悩みがつきまとうのではないだろうか。

もって生まれた宿命に逆らうことは、むずかしいことなのである。

12　阪神大震災

阪神大震災もおさまり、警察では死亡した人々の死因統計をとったところ、神戸市の統計より総数が百〜二百名少ないことがわかった。調査し直したところ、瓦礫《がれき》の下敷きになり遺体となって発見された人々は、変死体として警察に届けられ検死を受けたのだが、下敷き状態で救助され入院加療中に、圧挫《あつざ》症候群を起こして十数日後に死亡したケースは、病院のドクターが警察に変死届をせずに、死亡診断書を発行していた。これが市役所の戸籍係に受理され、火葬埋葬許可証が交付されていたため、警察の検死を受けることなく葬られていたことがわかった。

圧挫（挫滅）症候群というのは、医学的には珍しい用語ではない。やや広い範囲にわたって骨格筋が挫滅出血すると、その部位からミオグロビン（筋肉中にあるヘモグロビンに似たヘムタンパク質で、筋肉内に酸素を貯蔵する役目をしている）が遊離して、下位尿細管を障害し、腎《じん》機能不全を起こし死亡する症候を圧挫症候群 Crush syndrome といっている。患者は初めにショック症状を起こして吐気《はきけ》、嘔吐《おうと》、乏尿、無尿となり、予後不良で大半は二週間以内に死亡する。

瓦礫の下敷きになり、全身に打撲傷を負い圧挫症候群を起こし、腎不全となって死亡したのであるから、自分がもっていた病気で死亡した内因死ではない。長いこと入院し、治療を受けていたとしても、外力の作用で死に至った外因死であるから、死亡した時点で変死扱いになるのである。

圧挫症候群は瓦礫の下敷きに限らず、殴る蹴《け》るのシゴキやリンチ暴行でも起こるのである。頭には脳があるからさけよう、臀部《でんぶ》は筋肉だけだからいいだろうと、攻撃を加えた大学のクラブ活動でのシゴキ事件があった。素人考えで臀部は大丈夫と思ったのだろう。しかし、臀部の広範囲な筋肉内出血のため、腎不全から尿毒症、圧挫症候群となって死に至った。

教育するのに頭であろうが、臀部であろうが殴る蹴るはいけない。暴力をもってすれば、教育的効果はなくなり、怨《うら》み、反感しか残らない。母がだだっ子のお尻《しり》を二〜三回たたくのは、愛のムチとして許されるだろう。しかし、度を越すと医学的にも危険であり、子に愛は伝わらない。

医師法第二十一条（異状死体等の届出義務）

「医師は、死体または妊娠四月以上の死産児を検案して異状があると認めたときは、二十四時間以内に所轄警察署に届出なければならない」

加えて神戸市は監察医制度のある地域である。日本では東京、横浜、名古屋、大阪、神戸の五大都市にのみ監察医制度が施行されている。東京都は監察医務院という独立庁舎を有し、年中無休態勢で都内の変死体に対応しているが、その他の地域では大学の医学部の法医学教室のドクターが嘱託監察医という形で、この制度を実施しているにすぎない。法律は、

死体解剖保存法第八条（監察医制度）

「政令で定める地を管轄する都道府県知事は、その地域内における伝染病、中毒又は災害により死亡した疑いのある死体、その他死因の明らかでない死体について、その死因を明らかにするため監察医を置き、これに検案をさせ、検案によっても死因の判明しない場合には解剖させることができる。以下略す」

医師は学生時代、法医学の講義を受けているから、このことは知っているはずである。しかし、実際に治療をしている患者が死亡すると、主治医は自分の責任において死亡診断書を書くのが当然の義務と思ってしまう。

それは間違いなのである。これは医療行政の問題だから、医師ばかりではなく、看護婦も医療事務に従事する者も、そのことを知って対応する必要があろう。また医療人のみならず、一般の人々も外因死はなぜ変死扱いになるのかを理解しておくべきである。

たとえば頭部外傷で入院した場合、医師は患者を診療しているから、脳挫傷《のうざしょう》と診断はつく。だから死亡診断書を発行してもよいかというと、そうはいかないのである。

なぜならば、どうして頭部に打撲傷が加わったのか、その原因はドクターにはわからない。喧嘩《けんか》で殴られたのか、酔って路上に転倒したのか、交通事故なのか、あるいは飛び降り自殺なのか、いろいろ考えられる。入院時に付添人が飛び降り自殺だと語っていたから、ドクターが勝手に自殺と判断して死亡診断書を発行し、これが戸籍係に受理されるようなことがまかり通るとするならば、日本には殺人事件はなくなってしまう。

その人の頭にはなぜ打撲が加わったのかは、医師が決めることではない、他人の秘密に立ち入って捜査のできる、警察官の役目である。だから外因死はすべて、変死届をする法律になっている。

警察は外力がどのように加わったのかを捜査し、事件の真相を明らかにして、医師の診断と合わせ、矛盾がないことを確かめるのが検視である。

これら外因死に限ったことではなく、病死のような場合でも不審、不安の感じられる死に方は、すべて警察に変死届をすればよいので、全死亡の一五パーセントが変死扱いになっている。

監察医が仕事として行っている検死、解剖は、衛生行政であるからつまるところ厚生省指導である。ところが死亡診断書を取り扱う役所の戸籍係は法務省管轄になるため、医師が発行した死亡診断書が適正に処理されているかというと、いささかの疑問が生ずる。たて割り行政の欠陥が見えてくる。

前述の阪神大震災の、圧挫症候群による死亡例では、変死届をせずに医師は死亡診断書を発行し、市役所の戸籍係はこれを受理して火葬埋葬許可証を交付していた。そのため、検視をせずに死体は葬りさられていたのである。

これは刑法第一九二条「検視を経ずして変死者を葬りたる者は、五〇円以下の罰金又は、科料に処す」（罰金等臨時措置法により、金額は二〇〇倍される）に違反していると同時に、医師法第二十一条にも違反しているし、また神戸市は監察医制度が実施されている地域であるから、市自身が死体解剖保存法第八条の運用を、あやまったことになる。

大災害時の混乱とはいえ、医師ばかりではなく戸籍係も、受理すべきではない死亡診断書を受理し、火葬埋葬許可証を交付してしまったのである。

東京都二十三区内では医師も、戸籍係もトレーニングされているから、このような事例は起こらない。

個人の人権を擁護し、社会秩序を維持するための検視制度、監察医制度であるから、地域差があってはならないし、役所がその運用をあやまるようなことは、絶対に許されない。

13　謎

人に会い自己紹介をしなければならなくなったとき、何といえば今の自分にぴったりなのか、一瞬とまどいを感ずることがある。

仕方なく医者ですという。そのうちに何科ですかと質問される。内科や耳鼻科など臨床医であったら、何のためらいもないのだが、法医学というのは少し抵抗がある。説明が必要だからである。

「えっ!! 法医学?」

すぐには理解できないようである。だからいいたくないのである。

また、監察医をしておりましたなどというと、わかってくれる人はほとんどいない。

「それ、なんですか?」

と聞き返される。

説明が大変なのだが、話さないわけにもいかず、もそもそと説明をはじめると、珍しい職業もあるものだと、興味深げに聞いてくれる。とぎれがちの会話も一変して、活気を帯びてくることもある。

誰でも知っている有名な事件の話などを持ちだし、法医学的な解説を加えたり、裏話を入れたりするうちに、初対面の人とは思えないほど話ははずみ出す。

監察医は、生きている人に縁はなく、変死した人を検死したり解剖して、死因を究明し警察の捜査に医学的協力をする。いわば死体のお医者さんなのである。

簡単に説明すると、今度は、

「警察のドクターですか？」

「いや、そうではありません。監察医は東京都の地方公務員です」

と答えると、またわからなくなってしまうようである。そこで、人の死についてわかりやすく説明することにする。

病気になり、医師の治療を受けながら、死んでいくのが病死である。これは一般の臨床医が死亡診断書を発行することができる。

それとはまったく異質の殺人事件がある。このような死に方は、警察が介入し検事の指揮下で法医学の専門家が司法解剖を行い、鑑定書を作成する。

この病死と殺人という極端な二つの死のパターンの間に、自殺や災害事故あるいは元気な人の突然死などという死に方がある。このような死のパターンを変死といって、とりあえず警察が介入し、都の職員である監察医が検死を担当する。たとえば、一人暮らしの老人を訪れたら死んでいた。病死なのか、事件なのだろうか。死に方に不審、不安が感じられる。その疑問を払拭《ふっしょく》するために、行政の中に検視（検死）のシステムを取り込んだのが、監察医制度（死体解剖保存法第八条）である。

検死、解剖をして死因を明確にし、死者の生前の人権を擁護すると同時に、社会秩序を維持しているのである。

ところがこの監察医制度は東京、横浜、名古屋、大阪、神戸の五大都市にしか施行されていない。その他の地域では、従来どおり警察医による検死が行われているにすぎない。警察医は警察署の近くで内科や外科などを開業しているドクターが嘱託されている場合が多い。仕事は、そこの警察官と留置人の健康管理をするものである。その地区内に変死者が出れば、検死も依頼されることになるが、専門は内科などの臨床医であって、法医学の専門家ではない。

変死者の検死は死体であり、生きてはいないし、治療の必要はないから、医者の免許をもっていれば何科の医者でもよいことになっている。一見矛盾はないように思えるが、それは大きな間違いである。検死は死体所見に精通し、死者と対話のできる法医学者にまかせないと、ものいわぬ死者の人権は守れない。

酒好きな男が、空にちかい酒瓶を抱いて路上で死んでいた。顔は赤褐色にうっ血し、溢《いっ》血点《けってん》もあったが、検視をした警察官と警察嘱託医は、状況から急性アルコール中毒による心不全（病死）と診断し、一件落着となった。ところが三年後、真相が明らかになった。保険金目当ての殺人事件であったのだ。犯人は男を一千万円の簡易保険に加入させ、三か月後、酒をおごって泥酔状態にしたあと絞殺し、酒瓶を抱かせて路上に放置したものであった。顔のうっ血、溢血点は窒息の所見である。

死体所見の中から死因をピックアップできれば、その時点で事件を見破ることはできたのである。ところが法医学的知識がなかったために、酒好きな人が酒瓶を抱いて死んでいるから、酔って心不全を起こしたのだろうと、状況から死因を導き出してしまった。それは犯人の思う壺《つぼ》なのである。

風邪《かぜ》をひけば内科にかかり、ケガをすれば外科に行く。それと同じで変死者の検死は、死体所見に精通した法医学者にまかせないと、死者の人権は守れない。

死後も名医にかかるべし。これが私の持論である。

医師になって臨床経験のないまま法医学を専攻したから、患者を診察したことはないし、治療医学もわからない。長いこと監察医として、検死や解剖をしていたので、医者だという意識もない。また現役を退いて八年になり、文芸家協会や推理作家協会に所属して、ものの書きなどをしているが、作家というほどのものではないし、医者らしいこともしていない。学生の講義や講演会、またテレビなどで事件の解説などが増えて、職業はと聞かれると何といってよいのか迷ってしまう。

やっぱり医者ということになる。

おおよそのことがわかると、変わった医者もいるものだと感心するやら、大変なお仕事ですねと同情される。そして次は、解剖したあとご飯が食べられますかと質問してくる。即座に、検死や解剖をしないと私はご飯が食べられないのですよ、と答え大笑いするのである。

しかし法医学を専攻するものは稀《まれ》である。

一つの大学で毎年百名ぐらいのドクターが誕生する。そのほとんどは臨床医になってしまう。法医学を専攻しようとするものは、十年間の卒業生の中から一人出てくればよいほど、医学の中では過疎地帯におかれている。

学生のときは事件がらみの講義があり、現場の写真などが見られたりして、結構おもしろい。人気のある授業の一つであるが、医者になってしまうと、生涯の仕事として法医学を選ぶものはいない。そのはずである。せっかく医者になったのに、治療医学を捨てて死者を相手の仕事などするはずはない。

死にそうな人を治療し、生き返らせるようなドラマチックな派手さはない。仕事は地味で、大学の研究室か監察医などの公務員しかないから、臨床医に比べると収入にも相当の差がある。

また法医学は医学の中でかなりおくれた分野に置かれている。本当に好きでないと、続くものではない。

死亡時間を推定するにしても、経験や勘で判断している現状である。科学的に立証する方法が確立されていない。

たとえば死ぬと体温の発生はとまるので、時間が経つと次第に体温は冷却し、外気温と同じ温度まで下降してくる。

最初の五〜六時間は毎時摂氏一度ぐらい下降し、その後は毎時約〇・五度下降するといわれているが、しかし個体差があり、季節や地域などによって大きな違いがあるから、ケースバイケースで一様に論ずることはできない。つまり方程式のような公式が組めない。

その他、死斑《しはん》や死体硬直の出現、さらには腐敗がはじまって硬直が緩解していく。そのような過程を細かく観察し、科学的に死後経過を追究しても、結果は体温の冷却と同じケースバイケース。方程式は見出せない。

要するに死体の置かれた環境などに支配されず、死んでからの時間的経過にのみ変化していく因子を、死体の中から見つけ出せればよいのである。それができないから、経験などにたよっている。まことに心もとない限りである。

検死の現場で先生、死亡推定時間はと聞かれ、往生することがある。

捜査上、犯行時間の推定は極めて重要なポイントで、時間を間違えればアリバイが成立し、犯人を取り逃がすこともある。

ある日、解剖が終わって立ち会いの警察官に、死亡時間を聞かれた。

死体は新しいので、昨夜の十時ごろだと答えた。警察官はびっくりして、そんなはずはないという。独り暮らしで配達された牛乳が三本たまっている。ここ二〜三日物音もしないので、おかしいと思って戸をこじ開け様子を見たら、湯舟に沈んで死んでいたという。七十近い老女であった。だから少なくとも死亡は三日前の夜ということになる。

一月下旬、東京も寒い日が続いていた。いかに寒い季節であっても、入浴中であればお湯の温度は摂氏四十度ぐらいはあったはずで、一晩でかなり下降し水になるにしても、その浴槽に三日間も浸かっていれば、少しは腐ってくる。

死体所見と状況が一致しないケースとして、こんな事例を経験したことがある。

二月上旬、寒い日が続いていた。そんなある夜、泥酔状態になった彼女は友人に付き添われて帰宅した。女性同士、勝手知ったる他人の家。友人は部屋に入るなりエアコンをつけ、上衣をぬがせ下着のままベッドに寝かせて、電気毛布をオンにした。照明を枕元《まくらもと》のスタンドに切りかえ、薄暗くした。

馬鹿にするんじゃないよ、などと見えぬ相手を罵倒《ばとう》するかのような独り言をくりかえしていたが、世話をし終わった友人が、それじゃおやすみと帰りかけると、寝入る直前の反応なのだろうか、ありがとうムニャムニャと語尾はわからない。

それが最後の会話であった。午前一時半である。

遺体は腐敗がかなり進行し、淡青藍色《せいらんしょく》に変色していた。寒い季節を考慮すると、室内で布団に入っていたとしても、五〜六日前の死亡と考えられた。

ところが、調査して見るとまったく違うのである。

その日の午後、友人は心配になり連絡をとったが応答がなかったので、仕事を終えるとすぐ、彼女のアパートを訪れた。夜の八時ごろであった。

別れたときと同じ状態のまま、布団の中で死亡していた。吐瀉物《としゃぶつ》が乾燥して顔や布団に付着していた。

検死後、解剖になったのは次の日の午後一時である。

酒に酔いエアコンと電気毛布という温かい環境の中で、脳出血を起こし、吐瀉物を気管に吸引したための窒息死であった。

午前一時半頃就寝し、午前三時頃の死亡と考えると、午後八時に発見されるまでの間、約十七時間は真夏のような暑さの中に放置されたことになる。

真冬にこの腐敗状況ではどうしても、死後五〜六日は経っているとしか思えないのだが、死体の置かれた高温状態を考えれば、納得できないことではなかった。

教科書どおりにいかないのが、法医学である。

死体所見と状況が一致しない場合には、どこかに嘘《うそ》がかくされている。

湯舟で亡くなった老女の捜査はふり出しに戻った。

二日前に老女名義の銀行口座から、三百五十万円が引き出され、残高はわずか百円単位の端数であることがわかった。

一週間後、四十代で定職のない甥《おい》が容疑者として逮捕された。

供述によると、ときどき伯母《おば》のところへ小遣いをせびりに来ていた。その日は夜遅くやって来て、三十万円貸してくれと申し入れたが、かえす意思がないくせにとことわられ、説教までされてしまった。

腑甲斐《ふがい》ない男となじられ、ついカーッとなって背後から腕で、伯母の首をはがいじめにした。間もなくぐったりして、こときれた。

死体を隠さなければと、部屋の中を見渡したが、そんな所はない。

風呂場《ふろば》を覗《のぞ》いた。そうだ入浴中の急病死にすれば、殺しは隠蔽《いんぺい》されるだろう。幸い水が張ってあったので、裸にして浴槽の中に入れた。タオルもぬらして、さも入浴中のように偽装し、そばにあった財布とタンスの中の預金通帳と印鑑を持ち出し、競輪場などを転々と遊び回っていたのである。

三日後、伯母は死体となって発見されたが、死体は新しい。お風呂といってもお湯ではない。冷水の入った水槽にはじめから入れられていたから、腐敗しなかったのだ。

この矛盾を解剖所見と捜査の両面からつきとめ、事件を解決したのである。

衛生行政の一環として実施されている監察医制度が、このように遺憾《いかん》なく発揮されているのは、残念ながら五大都市（東京・横浜・名古屋・大阪・神戸）だけである。

一日も早く、全国制度になってほしいと願っている。

14 絆

この事件は、兄が妹をいとおしむ、ほとばしる愛の記録である。

兄A氏（大正十四年生まれ）が、実妹B子（昭和三年生まれ）の死亡事件について、私に意見を求めて訪れたのが、平成八年三月二十六日のことであった。

B子は平成五年五月三十日の朝八時過ぎ、路上で倒れ意識不明になっているのを通行人に発見され、病院に収容された。手当てを受けたが、回復することなく六月二日午前三時三十分死亡。

事件の当日、警察は現場の状況から轢《ひ》き逃げを想定し、緊急手配をして対応したが、入院先の病院では、いとも簡単に病的発作によって路上に転倒した、内因性クモ膜下出血と診断したため、その日の昼前に緊急配備は解除されてしまった。

ところが死亡した六月二日に警察は、念のため司法解剖の手続きをとった。

結果は右側頭部打撲による外傷性クモ膜下出血と診断され、臨床医の判断とはまったく違っていた。

しかし時すでに遅く、病死として事件は処理されていたのである。

病的発作によるクモ膜下出血か、外傷性クモ膜下出血かの区別は、外部から見ただけではわからない。解剖して慎重に識別しなければならないのに、臨床医の病死という診断を採用して、交通捜査は打ち切られてしまった。

このような場合、警察は当然のことながら医学的判断に基づいて行動をしているので、病的発作と判定されれば、交通事故としての捜査が中止になるのはあたりまえのことである。

ドクターの診断の社会的影響力と、責任の重さをあらためて痛感する。

警察は臨床医と解剖執刀医のまったく異なる見解を詳しく聞き、検討したに違いない。そこでわかったことは、臨床医はどのような根拠があったのかは明確ではないが、あくまでも内因性であることを主張した。一方執刀医は、クモ膜下出血は転倒などによっても生ずるもので、解剖したからといって転倒の原因までは読みとることができない、車と強く衝突したような外傷も見当たらないので、歩行中にクモ膜下出血という病的発作を起こし路上に転倒した、そのとき右側頭部打撲を生じたものと考えても、このケースは矛盾しないと、病的発作を肯定するような解剖医としてはまことに無責任な意見を述べたのである。

外傷性クモ膜下出血とまったく異質の病的クモ膜下出血を同一視した、おかしな見解であった。

なぜならば、バットで頭部を殴った外傷性脳出血は、殺人事件である。ところが病的脳出血の発作を生じて路上に倒れた場合は頭部に打撲があっても、病死である。これを同一視する殺人と病死では、医学的にも法律的にもまったく異質のものである。

ことは許されない。そのための司法解剖であったはずである。

病的クモ膜下出血には脳底部の血管に、動脈瘤《どうみゃくりゅう》などの病変があり、これがあるとき突発的に破裂するもので、それなりの原因は解剖によって明らかにできるものである。ところが外傷の場合は、そのような病的原因はなく、外力の作用によって、脳表面の血管が破れて出血するので、解剖をすればその区別は比較的容易であり、そのための解剖なのである。

この事件がもつれた原因はここにある。つまり、医師の判断のあいまいさに起因しているのである。

A氏は知人に紹介されたということで、私の家を訪れたのだったが、話を聞いてみると、「先生は三十年もの長い間、東京都の監察医として変死者の検死や解剖をしてこられた。ものいわぬ死者の立場に立って、死体所見が語りかける真相を聞き、その人の人権を擁護していらっしゃる。ご著書に『死体は語る』（時事通信社）、『死体は生きている』（角川書店）などがあり、私も読ませていただきました」

ということで、この先生ならば相談にのってもらえるだろうと、確信したというのである。

A氏は昔から東京に居住し、妹B子は四国に嫁ぎ、以来兄妹は遠隔の地で長いこと生活していたのであったが、入院したという知らせを受けた兄は、すぐ四国にとんだ。

警察の説明を受け、A氏自身も現場に立って考えてみると、妹のからだにあった両足の外傷、左あごの皮下出血、左顔面の打撲傷などを総合して、素人であるがこれはもう交通事故以外の何ものでもないと思えてきた。

しかし、病院のドクターは内因性クモ膜下出血と診断したため、交通捜査は打ち切られた。

そんな馬鹿なと憤りを感じたが、どうしようもなかった。

それから三日後、意識不明のまま妹は死んだのである。

警察の説明、結論に兄は納得できず、自分で現場の写真をとり、妹の遺体の外傷をカメラに収め、交通事故（轢き逃げ）との因果関係を立証しようと、立ち上がったのである。

可能な限りの方法をとり、警察の判断が間違っていることを訴え続けたが、一度官憲が結論を下したことを、くつがえすことは容易なことではない。

ことに妹さんの連れ合い一家は、地元で生活しているので、いつまでもそんなことをして、警察にたてついているわけにもいかないから、もうやめてほしいと、義兄であるA氏に申し入れていた。しかしA氏は、東京に帰ってからも義弟一家に迷惑のかからぬように、兄の立場でたった一人、事件の見直しを訴え続けていたのである。

「先生いかがなものでしょうか」

そういいながらA氏は、持参した資料を机の上に並べ出した。

診断書や訴え出た書類の数々。それに現場の写真や死体の写真などもあった。

それなりに手順を踏み、理屈を通してやってきている。よくも素人がたった一人で、ここまでやってこられたものだと感心した。書類の文章もしっかりしていた。他人を納得させるだけの理論と表現力もあったし、それなりに時間も費用もかかっている。七十歳という高齢のどこに、その原動力があるのだろうか。

轢き逃げ事件がいとも簡単に病死にされてしまった理不尽さ。社会正義に反する安易な結果は許さない。それもあっただろうが、何よりも兄が妹をいとおしむ老兄妹愛、絆《きずな》を感じた。

しかしいかんせん、警察は専門医による治療と診断に加え、死後は大学の法医学の教授による司法解剖の結果に基づいて結論を下しているので、A氏が集めた現場の写真や死体の外傷写真などに、自分なりの意見を加えたとしても、所詮《しょせん》は素人で初めから問題にされないし、勝負にならない。

しかし当人は何としても不憫《ふびん》な妹を救わなければならないと、一途《いちず》である。柔和な顔貌《がんぼう》に秘められた強い兄妹の絆を見て、私の心は決まった。

久しくこんな清らかな気持ちになったことはない。どこまでできるかわからないが、こういう人のために法医学があるのだ。

妹さんは事件の当事者である。この兄にいいたい言葉があるはずだ。その言葉を聞き出せるのは、とりあえずこの私しかいない。

「やってみましょう」

「ありがとうございます」

A氏はそういいながら、深々と私に頭を下げた。しばらく頭をあげなかった。涙が床に落ちるのが見えた。

この事件は業務上過失致死、道路交通法違反被疑事件として、検察官は検討していたが、明確な証拠がないため、すでに不起訴処分になっていた。

これを不服として、A氏は検察審査会に異議申立書を提出していたのである。

その前に、A氏と私が知りあっていれば、二人の医師の診断の是非を再鑑定してほしい旨、要請することができたはずで、事件の結末は正しい方向に流れたかもしれないのである。しかし残念ながら接点はなかった。

間もなく審査会の議決が出された。それによれば、申立人が主張するような事故は、関係書類に存在しないし、被疑者を特定するに足る証拠も見当たらない。よって検察官の嫌疑不十分とした裁定を覆すに足る証拠は発見できない。したがって本件は、内因性クモ膜下出血のため路上に転倒したもので、交通事故ではないとの結論であった。

　A氏はそんなつもりで異議を申し立てたのではないのである。

妹を治療した臨床医と司法解剖した医師の判断に基づいて、交通捜査を中止し、病的発作による自己転倒と結論した一連の警察のあり方に疑問をもって、再調査を申請したのである。いうならば二人の医師の判断、医学的見解が本当に正しかったのか否かを、再検討してほしかったのである。

　ところが検察審査会は、二人のドクターの考え方を見直すための再鑑定などはせず、今までにつくられた警察の書類と二人の医師の診断書や鑑定書などを鵜《う》のみにして、交通外傷を思わせるものはないから、病死であると結論しているのである。

なにをかいわんやである。

　早速、意見書を書くことにした。

　三十年間の体験をふまえ、法医学的に指摘したその要旨は、以下のようなものである。

　B子の両下腿《かたい》の外傷、とくに右下腿前面中央部の外傷は横に五〜六センチの帯状に蒼白《そうはく》となり、その辺縁は淡青藍色《せいらんしょく》に皮下出血を伴い、一部に赤褐色の表皮剥脱《はくだつ》があるので、その部位にはかなりの強度の外力が圧迫擦過するように作用し、外力による紋様が形成されたと考えられる。決して自己転倒などで形成されるような生やさしい外傷ではなく、疾走してきた二輪車（単車）などの前面部分に、右下腿前面中央部が接触し、紋様外傷を形成した可能性が高い。

さらに左あごの皮下出血、左顔面の打撲と右側頭部打撲傷は、B子の左側面から外力が作用し、右側頭部を路面に打つような姿勢で転倒した可能性が考えられる。とくに単車はその前面あるいは衝突面が、自動車などと違って一様ではなく、車体のみならず、運転者とも接触する可能性がある上、ハンドルや車両の可動性を考慮すると、被害者に形成される外傷は、多種多様になることに留意しなければならない等々。

加えて死因となったクモ膜下出血が、内因性か外傷性かの区別をするには、第一に脳底部の血管に動脈瘤があるのか、ないのかが重要なポイント（内因性クモ膜下出血は動脈瘤の破裂によるものが多い）であるが、この存在の有無の記載もないし、論争にもならぬままB子には衝突外傷がないと一方的に判断し（右下腿部前面中央の紋様のある皮下出血をどのように理解しているのであろうか）、本件は病的発作による路上転倒、すなわち内因性クモ膜下出血と断定していることは、医学的理論を無視した結論である、などと矛盾点を指摘したのである。

しかし、時期があまりにも遅かったようである。

法律上の手順を経て、なすべき審議はつくされ、結論は出されていたのである。

審議の内容は、今までにつくられた書類の再点検をしただけで、書類そのものの信憑《しんぴょう》性《せい》を検討する作業ではなかった。申請者の意とする審議はなされていないのである。

もう一度、私の意見書を読んで、異議申立人の意とする本当の審議をやってほしいと、関係各局への意見書をつけ、A氏は願い出た。

しかし、すべての審査は終了し結論は出されているとの返答で、申請は却下されてしまった。

情けない。

むなしさだけが残った。

かつて何度となく扱ってきた、過労死のケースと似ていた。

会社の仕事がハードで、残業の連続で休暇も取れず、肉体的にも精神的にもヘトヘトになって、勤務中に倒れて死亡する。

検死、解剖をすると、脳出血の病死である。

しかし、残された妻子は父の死亡は単なる病死ではない。会社のために仕事をしすぎたためのもので、業務上の過労死であると主張する。解剖所見に、脳出血の事実をこの眼で確認することができるが、疲労の有無はわからないから、業務上の過労死だと判断することはできないと、妻子に説明する。当然のことながら、妻子は納得しない。

そこで私は執刀医として、意見書を書き、労働基準監督署とかけ合うことを約束する。

会社側から勤務表を取り寄せ、過労状態にあったことを立証し、本人にはもともと脳出血を起こす要因があったにせよ、このような過労が発病を早める引き金になったことは、否定できない。なぜならばわれわれは、過去を背負って今を生きているので、過労という近い過去、あるいは現在の要因を分離して、単なる病死としての脳出血と結論することは、医学的に不適当である。

過労は発病を誘発した重要な引き金になっている、との意見書を書いた。

役人の返答は決まっていた。

脳出血は病死であり、業務上の災害事故死には該当しないというものであった。

しかし私は、このようなケースには積極的に意見書を書き、過労死の存在をアピールし続けた。

妻子の願いと私の意見はことごとく退けられたが、ひるむことはなかった。

監察医をやめて二年後、過労死が認められたことを報じた新聞を読んで、だめかと思った意見書の積み重ねが実ったことを知り、嬉《うれ》しかった。

弱者の喜びが聞こえてくる。

B子の事件も、今はだめでもやがて理解される時代はきっとくるだろう。そう信じたかった。

フェイントをかけられ、だまし打ちに合ったような感じで、納得いくような結論ではなかったので、

「そんな馬鹿な」

と私は憤りをそのまま言葉に出した。

ところが、A氏はそんな私を、なだめたのである。

「先生のお力を借り、やることはやったのだから、B子も満足していることと思います。もう、よしとしましょう。そのかわり、これまでの経過を本にまとめ、自費出版して妹の霊前に捧《ささ》げようと思います」

A氏も、心にひとくぎりついたのだろう。

「B子もきっと喜んでくれると思います」

すべては終わった。

老兄妹の愛の絆が、はっきりと美しく輝いて見えた。

15　アンフォゲッタブル

外国映画の試写会に招かれた。

映画を見るのは実に三十年ぶりであった。

二十数個のシートが並ぶ小さい試写室で、映画評論家、雑誌記者などが座っていた。ワイドスクリーンに加え、音響効果がすばらしい。

アンフォゲッタブル（記憶移植）というタイトルのアメリカ映画であった。見終わったら感想をのべ、それが宣伝につかわれるという、大変な役目を持たされていた。

画面はいきなり「ドドーン」というピストルの発射音からはじまり、目前に殺人事件が展開された。その迫力は見るものの視覚、聴覚をとらえて、画面の中に引きずり込んでしまう。

妻が殺され、夫である検視官が疑われる。彼は冤罪《えんざい》を晴らすため、真犯人探しに懸命になる。

そんなとき、あるドクターの研究に注目する。マウスの実験なのだが、あるマウスの脳脊髄液《せきずいえき》を採取し、それに開発した副腎皮質《ふくじんひしつ》ホルモンを混合して別のマウスに注射すると、先のマウスの体験が、注射されたマウスによみがえって、見えてくるというものであった。人体実験はしていないが、その注射を続けると心臓障害から、死の危険が伴うというものであった。

彼は冤罪をはらすため、あえて危険をおかし、解剖後に保存された資料室から、妻の脳脊髄液を盗み出し、ドクターの研究室からも副腎皮質ホルモンを盗んで混合し、自分の体に静脈注射したのである。

間もなく妻が殺される直前の情景がすさまじいばかりに再現される。それをくりかえし、彼は薬の副作用で心臓障害を起こすが、何とかのり越え、ついに真犯人をつきとめるという物語であった。

緊張の二時間で、正に記憶移植アンフォゲッタブルであった。

十年前の監察医時代、私も同じようなことを考えていた。

死者は事件の目撃者。眼底の網膜に最後に見た犯人の姿が映っている。その残像を取り出せないか。

網膜にあるロドプシンという感光色素が、明るさによって結合したり、分離したりして像を感じとっている。そのロドプシンの分布をキャッチできれば、残像を取り出すことは可能であろう。

そんなことを考え、実験してみようと計画しているうちに、時間切れになり、現役を退いてしまった。脳脊髄液注射よりもはるかに科学的であり、実現の可能性もあるアイディアである。

映画を見終えて、この発想は医者ではないと思った。

解剖学を知っている医者はからだの仕組みを知っているから、記憶を取り出そうと思うときには、大脳の記憶中枢を移植すればよいと考える。しかし神経細胞は他の細胞と違って、再生不能という特性がある。外傷を受けると神経細胞は破壊されるし、また脳の酸素欠乏（脳の血液循環の停止）が三〜四分続くと、神経細胞は破壊されて、再生復活することはない。だから脳の移植は、アイディアとしてはおもしろいのだが実現性はない。それでは脳をとりまく脳脊髄液ならば、と思うかもしれないが、脳脊髄液は血液と同じで、脳に酸素や栄養を供給したり、逆に脳に発生した老廃物を吸収したりして代謝をしているだけで、からだを動かしたり思考したり記憶するなどの、脳本来の仕事をしているわけではないから、これに副腎皮質ホルモンを混合したとしても、記憶をよみがえらせるような作用は発揮しないのである。

医者はからだの理屈を知っているから、理詰めで考え、考えつめたところで止まっている。ところが素人は、理屈にとらわれないだけに発想が豊かだ。脳脊髄液だけでは単純すぎると思い、副腎皮質ホルモンという何やらむずかしそうなエキスと混合すれば、死者の記憶をよみがえらせることができるのではないかと考える。たとえ不可能であっても、発想はおもしろいからと、そこにとどまらずに、さらに発展して物語を書き、アンフォゲッタブルという映画まで作ってしまったのである。

驚きであり、そのバイタリティに感心させられた。

専門家が素人の発想をあなどってはならない。この飛躍した考えが、学問の発展には必要であり、人間性を豊かにしているのは確かである。

16　墜落は自殺か事故か

監察医はいろいろな変死者の検死や解剖を仕事としているので、刑事事件はもちろんのこと民事事件や交通事故などのトラブルなどで、鑑定証人として法廷に立つことが多い。

ある日、東京地裁で裁判の証人尋問が終わり、帰るべくエレベーターを待っていたときのことである。

「先生ありがとうございました。先生の証言で裁判の流れは、当方にかなり有利に展開するものと思います。ありがとうございました」

と、担当の弁護士さんがわざわざ追いかけてきて、私にお礼をいったのである。さらに、

「あのう!!　もう一つ別件で先生に相談したい事件をかかえているので、是非話を聞いていただけませんか。後日連絡をとらせていただきますが」

いいにくそうに話を続けた。

「あっ、そうですか。私にできることならば」

型どおりに挨拶《あいさつ》をして、その場は別れた。

それから三週間、約束したとおり弁護士さんは、私をたずねてきた。

裁判の経過を示す書類は、風呂敷《ふろしき》包み一杯であった。

「実は私の父が、ある日突然下半身が不自由になり、九州の田舎で病院に入院しました。患者が多いので、狭い病室には六つのベッドが置かれ、そのうちに父は窓ぎわに押しやられたのです。

真夏で暑い日が続いていました。夜中は冷房が切られるので、窓は全開にし、尿意に苦しみながら、眠れない夜を過していたようです。翌早朝、病院わきに死亡状態で倒れているパジャマ姿の男性が発見されました。その病院の裏通りは公道に接し、塀や柵《さく》はありません。

知らせを受けて当直の看護婦がとび出してきました。『うちの患者さんだ』とすぐわかったので救急治療室に収容し、治療をしたが間に合わなかったそうです。それが四階病室に入院中の、私の父でした。

病室からの転落だったのです。

私は長男でご存知のように東京で弁護士をしていますが、知らせを受けてその日の午後に、九州の郷里に帰りました。病院に直行すると、病室のベッドは窓にぴったりとくっつき、しかもその高さは窓よりわずかに低い程度で、これは危険だと直感しました。

ところが病院と警察は、早々と飛び降り自殺と断定して処理していたのです。

どうしても納得がいきません。

高校を卒業して郷里を離れ、東京に出て大学に入りました。学費から生活費まで親の世話になり、今の自分があります。長いあいだ離れて生活していますが、親と子の精神的つながりは濃いと思います。自殺をするような父ではないのです。

納得できぬまま、悲しみを引きずって生きるのもつらく、かといって法廷で争っても父は帰ってきません」

弁護士であるがゆえに息子さんは迷ったという。

それなのに、何も知らない他人が安易に、自殺だと結論を下すことは許せない。それが怒りとなって結局、病院側に安全管理上の手落ちがあったとして、損害賠償を求め裁判を起こすことにしたのである。

飛び降り自殺か、墜落事故死かの区別が裁判の争点になっているのだが、先生のご経験から、いかがなものか、鑑定をしてもらいたいというのであった。

弁護士さんも、他人の弁護と違って身内のしかも父親の事件であるから、つい感情が入る。法廷のやりとりの中で父親が侮辱されたような場面になると、つい興奮して相手を殴りつけたくなるような衝動にかられ、弁護がしにくくなるというのである。

医者にも同じことがいえる。

身内の死期がせまり、主治医に呼び出されて、あと数日ですから会わせたい人には、会わせてあげてくださいと宣告される。

何をいっているんだ。この藪《やぶ》医者め!!

死ぬような状態ではないではないか。家族として医者として、身内は愛でつながっているから、はじめから死ぬはずではないと思っているし、死を認めない。ところが数日後、主治医の言葉どおりになった。

客観的に観察できれば、わかることなのだが、身内の場合にはそれができない。冷静になれないのは、法廷の弁護士と同じなのだ。

職業は違うが、お互いにわかり合えるものがあった。

むずかしい事件だと思ったが、私は監察医を長いことやっていたので、死体所見と現場の状況から、死亡時の様子をある程度推定することはできるが、解剖はされているのかと聞きかえした。ところが地方のことで、解剖はしていないとのことであった。

資料は入院中のカルテと、救急治療室でのレントゲン写真を含む記録と、死亡診断書であるという。私が知りたい死体の情報を、それらの資料から読みとることができるかどうか、不安があったが、拝見させていただいた上で、協力できるかどうかご返事させていただくということになった。

資料から全体の外傷がおおざっぱにわかったが、写真が添付されていないので、記載されている皮下出血、擦過傷などがどのようなものなのか、こまかい点についてはわからない。しかし、ある程度の見通しはついたので、鑑定を引き受けることにした。

裁判所へ出向いて、法廷で鑑定することを宣誓した。また裁判官の墜落現場の検証にも立ち会うなどして、法的手順を踏み、鑑定に入った。

本人が倒れていたところは、病院の建物から一・九メートル離れ、建物にほぼ平行した姿勢で、移動した形跡はない。そこがほぼ墜落した着地点と考えられた。

からだの左側面を地面につけ、うつ伏せの姿勢であったという。

下半身が麻痺《まひ》し動かない患者さんが、飛び降り自殺した場合には、どのような手段をとったにせよ、建物に沿って落下するので、建物から一・九メートルも離れた地点に落下することは考えにくい。また落下の途中、障害物にからだの一部が当たって、着地点が大きく変動するような場合には、障害物との接触外傷が死体に見られるものであるが、そのような外傷もなく、また障害物も見当たらない。

つまり死体所見と状況から、飛び降り自殺は考えにくいのである。

それでは、墜落事故を前提に考えると、四階から地面まで約十メートルの距離を落下する間に、体位を変換することは少ないので、建物から一・九メートルも離れて着地するには、窓外に出た際、本人に何らかの加速度がついていなければならないのである。加速度なしでは、せいぜい一・〇メートル以内に落下してしまう。

そこで加速度をもって窓外に出るためには、どのようなことが想定されるか。

下半身麻痺した人が窓ぎわに接したベッドの上で、仰臥位《ぎょうがい》から起き上がろうと、右手で足元のベッドの柵に取りつけてあった紐《ひも》を手前に引きよせる。半ば起き上がって、左手掌を窓枠に置き上半身を支えようとした際、右手がすべるかあるいは左手がすべって紐をはなし、加速度がついた状態で、上半身が窓外に飛び出し墜落したのではないだろうか。

あるいはまた、窓ぎわのベッドの上で上半身を起こし、左手掌を窓枠にかけ、からだを支えながらカーテンの開閉など、何らかの作業中に、上半身を支えていた左手がすべって、からだに加速度がつき、窓外に飛び出してしまったなどが考えられる。

落下の際、からだは横向きの水平位で、上半身がやや下、下半身がやや上の姿勢で、からだの右側面が上方にあり、左側面を下方に向けたうつ伏せに近い状態で、着地したものと推定される。着地の際左手はかばい手となって伸ばしていたもので、一番先に左手掌面が、ついで左骨盤部が地面に強く接触し、骨盤骨折を起こした。次の瞬間、からだの右側面が地面にたたきつけられるように回旋し、着地して、右第二〜十肋骨《ろっこつ》骨折を生じ、肺損傷も形成されたものと思われる。その際、右側腹部を強打しているので、内臓破裂と腹腔《ふくくう》内出血を生じている。

しかし顔と頭部は、両手のかばい手によって保護されていたので、強い衝撃が加わって頭蓋骨《ずがいこつ》骨折を生じているが、頭皮に損傷はないので頭部がコンクリート路面のような硬い物体に直接当たっていないことがわかる。

死を覚悟した飛び降り自殺の場合には、無防備でしかもかばいだてなどしないから、顔や頭部の損傷が著しく、変形していることが多いものである。この事実を見ても、自殺の可能性は否定できる。

さらに参考資料として、当人の書かれた日記があった。

こまめに書いているが、自殺をほのめかすような記載はないし、家族、知人、病院関係者などの供述にも、自殺を予感していたような言葉は出ていない。

かつて老人の自殺について研究したことがあるが、昨日、今日いやなことがあったから自殺をするような人はいない。自殺を決行するには、長い間苦悩し続け、ためらったあげくに、自らの命を絶っている。その間、周囲の人々に何らかの救いを求めるような相談なり、話しかけがある。あるいは、予告やサインを発するなどして、同情なり思いとどまるようなきっかけを模索するものである。

まったく予告もなしに、老人が突然自殺行動に走ることは考えにくい。したがって周囲の人々が本人の苦悩を予知し、自殺行動を憂慮していたならば、家族はもちろん、病院側も何らかの対策を取っていたと思われるが、そのような様子は鑑定資料の中から見出せなかった。

これらのことから、本人に自殺思考や行動はなかったのではないかと、推定されるのである。

できあがった鑑定書を読んだ弁護士さんは、目撃者のいない当時の墜落の様子を、死体所見と現場の状況からこのように理論的に組み立て、自殺は考えにくいとした結論に、まずは驚き、満足し、そして感謝した。

喜ぶそのありさまはもはや弁護士ではなく、息子の姿そのものであった。

やがて裁判は、相手方が私の考え方、結論に対して反対尋問をする番になった。

しかし、厳しい反論もできぬまま裁判は提訴から丸四年、私の鑑定が全面採用され、原告側勝訴の判決となった。

病院側は控訴したが、結果はかわらなかった。

入院患者が寝ている窓から転落死したのでは、病院のメンツはまるつぶれで、責任は重い。目撃者がいないからといって、家族の事情聴取もないまま、病院の都合のいいように自殺と断定し処理をしたのでは、人権無視もはなはだしい。

事実をもっともよく知っているのは、当事者の遺体である。

解剖し、所見を分析して、いい残した言葉を聞き出すのが、法医学である。

17　母　親

長女が三歳のときだった。

ライオンは強いから、動物の王様なんだよねというと、どうして強いのかと聞かれたので、

「ライオンのお父さんは、子供を険《けわ》しい崖《がけ》からつき落とし、這《は》い上がってきた子だけを育てるのだから、ライオンはみんな強いんだよ」

と、その昔、母から聞いた話をそのまま私は子に伝えた。

娘は大きく溜息《ためいき》をつき
「アー　よかった」

といった。

事実ライオンがそんなことをしているはずはない。幼い子を戒めるための、つくり話であろうが、娘はもし自分がライオンの子であったら、崖の上に這い上がってこれなかったと思ったに違いない。

一瞬彼女の脳裏に不安がよぎったのだろう。しかし、自分は人間で、両親の愛に育《はぐく》まれ

生きていることに思いをいたし、それが安堵《あんど》となって、溜息まじりの言葉が出たのであろう。

子を不安にし、おどかすような話は幼い子には早すぎたと後悔しながら、私は娘を抱きしめた。

親と子の関係は実にこまやかで、強い絆《きずな》で結ばれている。

ところが、親が子を殺したり、子が親を殺害するような事件が起こっている。

かつて東京都の嬰児《えいじ》殺しは、隅田川や荒川などに捨てたものだったが、コインロッカーが出まわってからは、ほぼそこに限定されるようになった。ときには、アパートの押し入れのすみにビニール袋に入れたまま放置するようなケースもあった。生まれたばかりの子を殺して、捨てなければならない状況に追い込まれた母親の立場がわからないわけではないが、命あっての人生である。

自分の命と同様、子にも命はあり人生があるのだから、母同様に尊ばれなければならない。

人間に限らず、野生の動物の母親たちも、幼いわが子を殺して、食べてしまうことがある。ライオンも例外ではないという。

それは子供が外敵にねらわれ、母親が強度の精神不安状態に陥った場合に起こる現象であるといわれている。

人間の場合、嬰児殺しは母親の身勝手さに憤りを感ずるが、動物の場合には、驚きの中にもなぜか純粋さを感ずる。

さて、ここからの話は男の立ち話であるから、真偽のほどはわからぬが、バーのホステスを誘ってホテルに行ったりしていると、そのうちに妊娠したと打ち明けられ、結婚を迫られることがあるという。

男は子供ができるはずはないと強く否定するが、あなたの子が欲しいために排卵誘発剤をのんでいたのよ、と言われては返す言葉もない。もともと、結婚の相手を探しにバーへ行く男はいない。遊びなのだから、返事はノーである。

そうすると、「結婚はできないし、子供は堕ろせというし、結局私を弄《もてあそ》んでいたのね」と攻めたてられ、大金を要求される。支払わないと裁判だとおどされる。

子供という人質をとられて、大金をゆすられる。

男もずるいが、女もしたたかである。

そんな話を巷《ちまた》で聞いたとき、十年前はどうだったのかと、フト思った。

十年前はピルをのみ、妊娠しないように彼女らは用心し、遊びとしての代償を男に要求していた。これだって許される行為ではないのだが、現在はピルを飲む時代から、誘発剤を飲む時代に、若者の意識は確実に変わって、命の尊厳などこれっぽっちも感じない時代に突入しているのである。

恐ろしいというか、憂うべき時代になってしまった。

出産後に起こるトラブルとして、もう一ついいたいことがある。それは代理母の問題である。

アメリカで裁判になったケースは、注目に値する。

子宮を摘出し、子供ができなくなった夫婦が、どうしても自分たちの子供が欲しいと専門家に相談した。その結果、夫婦の受精卵をつくり、別の健康な女性の子宮に着床させ、妊娠してもらう方法が取られた。

いわゆる代理母の契約である。

契約金は一万ドルであった。

十か月後、代理母は無事出産した。生まれた子供は夫婦の遺伝子をもち、素質やその他すべての特性は夫婦のものを引き継いでいる。したがって代理母は、ただ子宮を貸しただけで、その子供とのつながりはないのである。しかし、十か月間共同体であり、おなかを痛めて出産した子供となれば、医学的にわが子ではなくても、思いは格別である。

代理母は、夫婦に子供を返さないといい出し、トラブルは法廷にもち込まれた。

代理母は、生みの親こそ親権者であり、契約は人身売買と同じで、無効だと主張した。

しかし裁判所は、三人の親、二人の母親が存在していては子供が混乱するであろうし、将来経済的、感情的トラブルを引き起こすことが予想され好ましくないと判断し、子供は夫婦のものと結論して、代理母の主張を退けた。

子供の欲しい夫婦は多いので、将来とも代理母の存在は認め、契約も有効であると判決したのである。さらに将来的に代理母と子供の面会を承認した。

われわれ日本人にも理解できるし、納得できる判決であった。

医学が飛躍的に進歩したこの時代、親と子の確かさを求めたこの裁判は、ややもすると法律的に結論は出されても、実態に即していないため、具体的解決にならないことも多いなかで、医学と法律を上手にドッキングさせ、実生活にマッチした最良の結末であったと思う。

18　隠された死因

一軒家で一人暮らしの老人が焼死した。

解剖をしていたときのことである。焼死体特有の闘士型を呈していた。

ところが、血液は暗赤色流動性であり、また気管支粘膜には炭粉の吸引が見られず、とても焼死体といえる死体所見ではなかった。

警察は事件がらみの殺人、放火を疑っていた。

生存中に火災に巻き込まれて焼死したとすれば、煙を吸い込んでいるはずだから、煙に含まれる炭粉が気管支粘膜に付着して、黒くなっていなければならない。また煙と一緒に一酸化炭素を吸うので、血中CO－Hb（一酸化炭素へモグロビン）も増えて、血液の色調は鮮紅色になっていなければならない。

しかし、本件にはそのような所見は見当たらない。火災発生時にはすでに死亡していたと考えられる。

やはり殺人事件か。

立ち会いの警察官らは緊張した。

警察官は焼死と溺死《できし》には〝注意しろ〟といわれている。焼死はからだが焼け焦げるから、索溝や創傷など死因特有の変化が焼却されている。溺死は、泳げない人を背後から水中に突き落とせばよいので、殺害の手段方法が簡単で、しかもからだに凶器の作用した痕跡《こんせき》を残さない。

焼死も溺死も、そういう意味では完全犯罪が可能なやり方である。だからこのようなケースの検死や解剖の立ち会いには、警察官はことのほか慎重なのである。

解剖は始まったばかりである。まだ脳、心、肺その他の臓器の検索が残っている。はやる気持ちを抑えながら、解剖を進めていくと、心臓は四二〇グラムと肥大し、栄養血管である冠状動脈にやや高度の動脈硬化がみられた。とくに左心室前壁から側壁にかけての心筋に、古い瘢痕壊死《はんこんえし》巣が見られ、かなり以前から心筋梗塞《しんきんこうそく》の発作をくりかえしていることがわかった。その他に頸部《けいぶ》圧迫による絞殺を思わせるような甲状軟骨、気管軟骨、舌骨の骨折などはなく、その周囲の出血もない。また心臓以外の脳、肺、肝、腎《じん》などにも病変はなかった。虚血性の心臓発作が死因であっても、おかしくない状態であった。

外部はまっ黒く焼け焦げていたが、内部はそれほど崩壊していなかった。

解剖が終わりに近づいたとき、待ちかねたように立ち会いの警察官から、

「先生、死因は？」

と質問がとんだ。

この解剖所見を殺人後の放火と読むか、病気の発作で死亡後に火災になったものと読むべきか。その判断は重大であった。

岐路に立たされた私は、

「ウム……そうですね」

と間をとった。

というのは、私にはこんな経験があったからである。

私が監察医になりたてのころ、解剖中胸を開けたら、肺に大きな病巣がみつかったため、死因を肺癌《はいがん》と判定した。ところが、数日後、化学検査の結果が出てきたのを見て驚いた。何と胃内容から青酸カリが検出されたのである。この人は自分が肺癌であることを知り、悲観して服毒自殺を図ったのであった。

殺人事件ではなかったから、ことなきを得たが、監察医の判断がいかに重大であるかを認識させられた。そんなことが一瞬、私の頭の中をよぎったのだ。

間違ってはならない。

血液、胃内容、尿などの毒物検査の結果を待たねば結論は出せませんが、と前置きして、現時点でいえることは、死後に焼かれた状態だから火災前に死亡していたことになるが、外力が作用した痕跡が見当たらないので、殺人事件ではないようだ。心臓の栄養血管である冠状動脈硬化が高度に見られるから、病的発作として心筋梗塞の可能性が高いのではないか、と答えた。

「事件性はないのですね」

と立会官は念をおした。結論は「化学検査待ち」と先送りにして、解剖は終わった。

一週間後、化学検査データが揃《そろ》った。もちろん血中一酸化炭素は陰性であった。さらには青酸塩や有機燐《ゆうきりん》系農薬などの毒物反応はなく、睡眠剤なども検出されなかった。

しかし、血中アルコール濃度三・二五mg／ml、尿中アルコール濃度二・九四mg／ml、胃内容中のアルコール濃度二・二三mg／mlが検出された。これは中等度酩酊《めいてい》の状態だと考えられる。

化学検査、それに現場の状況などを合わせ、総合的に事件の流れを考察すると、酒好きな一人暮らしの老人が、飲酒酩酊中に心筋梗塞の発作を起こし急死した。

火災発生については、私の知るところではないが、発作時に喫煙中のタバコが布団にでも燃え移り、火災になったのではないだろうか。

私は化学データを眺めながら、捜査主任に電話で見解を伝えた。

捜査上も物盗《ものと》りや放火の状況は出ていないとのことで、このケースの事件性はなく、心筋梗塞（病死）で落着した。

その他にも、焼死の解剖で思い悩んだことがある。

昭和五十五年頃であった。

気管内の煤煙《ばいえん》吸引は少なく、血中ＣＯ‐Ｈｂ濃度も二〇パーセント前後と少ない。この程度であれば一酸化炭素中毒といっても、たいしたことはないから、火災の中から逃げ出せないはずはないのだが、炭化状の焼死体になっている。

このような解剖が、このところ目立って多くなっていたので、あるとき薬化学の担当者と話し合いをもった。

「他に死因となるような病気は、ないのですか」

薬化学の担当者は、いきなり私にそう質問してきた。私は、

「血中ＣＯ‐Ｈｂだけではなく、もう少し検査範囲をひろげてみては？」

と自分のことはさて置き、相手方にデータを狂わす原因があるのではないかと、お互いが責め合うやりとりになった。自分本位に気づいて、その場は笑って別れたが、数か月後薬化学担当者が、私の部屋にやってきた。

「あれから十数件の焼死体の検査をくわしくやって、わかりました。焼死体の血液中から、青酸が検出されたのです。

以前は焼死といえば、火災の中で煙を吸って一酸化炭素中毒になり、意識を失い逃げられずに焼死したりしたわけですから、血中ＣＯ‐Ｈｂは六〇パーセント以上検出されていました。しかし、最近は先生からご指摘があったようにＣＯ‐Ｈｂの含有量が少ない焼死

体が増えているので、気になって、検査範囲を広げていろいろ調べたところ、血液中から青酸が検出されたのです。しかし胃内容の青酸は陰性なので、服毒自殺ではなく、青酸ガスの吸入と考えられます。

どうも新建材を使った近代建築物の火災では、くすぶった煙の中に有毒ガスが発生し、その中に青酸ガスもあるといわれておりますので、それではないでしょうか」

納得できる説明であり、すばらしい発見でもあった。

実験したデータを学会に発表すべきだといったら、薬化学担当者は外国の文献コピーをさし出した。新建材が燃焼する際には、有毒ガスが発生するという論文であった。

自分の勉強不足を思いしらされた。

かつては火事の際、煙の充満する家の中に入り、子供を救出してきたなどとの武勇伝を聞いたものだが、煙の中で二〜三回呼吸をしたとしても、血中一酸化炭素が高濃度になることはなかったから、このような行動ができたのである。しかし、現代の新建材の火災では、煙だけだからと中に入っていったら、大変である。有毒ガスが充満しているから、一回呼吸しただけで意識を失い、昏倒《こんとう》して帰らぬ人になってしまうのだ。

新建材の出現により、住宅環境は一変し、時代の進展とともに社会生活全般が向上して、暮らしは豊かになってきた。それにともない、焼死も煙を吸って一酸化炭素中毒になり、動けなくなって逃げられず焼死するだけではなくなった。新建材の燃焼時に有毒ガスが発生し、これを吸って昏倒、焼死体になるケースが増えてきているのである。日々の研鑽《けんさん》を怠ることはできない。

19　事件解読術

監察医在職中は、警察官と共に現場に出向き、検死をしたり解剖して死因にまつわる不審、不安を一掃するのが仕事であったから、事件とのかかわりは深かった。しかし、リタイヤした現在は、テレビで事件の現場などからレポーターと一緒に解説するような仕事が多くなった。

張りめぐらされた立ち入り禁止のロープの外側から、遺体も現場も見られぬまま、知りえた少ない情報をもとに、法医学的知識を駆使して、私なりに死因、犯人像を予測し、お茶の間の皆様にお伝えしているのである。とはいえ、スタジオと違い現場ならではの雰囲気があり、解説に必要な資料をこの目で見ることができるのである。

監察医は何といってもまず死体観察を十分にやり、捜査状況と合わせて事件の隠された部分を読み取っていく。

だからアメリカの美少女が殺された事件を知ったとき、頭部に打撲傷があり、さらに擦過打撲が散在し、性的暴行をされた上、絞殺されたというので、これは少女殺害にしては外傷が多すぎると直感した。

大人が六歳の少女を殺そうとした場合は、何の抵抗もされずに簡単に殺すことができる。しかし、このケースは、少女にかなり抵抗され、格闘があった後殺害したと考えられる。だから犯人は大人ではなく、少年ではないか。

大人だとするならば、性的いたずらをしているうちに、抵抗されたのではないだろうか。真相はわからないが、知りえた情報から事件を解読するような鍵《かぎ》は、少女に残された外傷の多さである。

かつて同じような事件を経験した。

幼児が団地内の公衆便所で殺害された。男の子であったが、四肢（手、足）にたくさんの擦過打撲傷（皮下出血など）があり、首を絞められ殺されていた。

その後、容疑者として二十代の男が逮捕されたが、そんなはずはないと思っていた。数日後、男は白となった。

私ははじめから、犯人は子供ではないかと思っていた。加害者はこの幼児に抵抗され、格闘になって殺害したと考えていたからである。この事件は私の予想どおり、中学生の犯行であった。

現場も遺体すらも見ずに、事件を推理するのは所詮《しょせん》無理なことでもあるし、理論的裏付けのない憶測を口にすることは、現職の監察医には許されない。

しかし、報道する側に立った今は、少ない情報ながらも、一般論として法医学的体験をもとに推理し、解説しているのである。

平成五年八月。甲府でＯＬ誘拐《ゆうかい》殺人事件があった。そのときはあるテレビ局の番組でレポーターとして、甲府の死体を捨てた富士川の現場から、川沿いの国道を下って漂着した静岡県富士宮市《ふじのみや》まで、約五十キロを捜索、放送したことがある。

誘拐の手口は見事であった。

雑誌記者になりすました犯人は、本社に電話をして取材許可を取った。本社は支店長にその旨を連絡。連絡が取れたところを見はからって、犯人は支店長に電話で窓口の新入社員のインタビューを申し出た。支店長は本社から聞いているからと、簡単にその社員に電話をつないだ。

午後五時三十分、お迎えのタクシーを支店にお回ししますから、お乗りください。何の疑いもなく、彼女は迎えの車に乗ったのである。運転手は発注伝票どおり、体育館前で彼女をおろした。

誰もいない体育館の入口で彼女はしばらく待っていた。約三十分遅れて男（犯人）がやってきて、私は代理で来たのですが、取材場所が変更されました。ご案内しますから、私の車に乗ってくださいといった。彼女はいわれるまま男の車に乗り込んだ。

見事な誘拐の手順である。犯人の中に知恵者がいて、采配《さいはい》をふっている。複数犯を疑っったが、翌日支店長に「職員を預かっている。身代金四千五百万円を用意しろ」と電話が入った。

金額が中途半端であり、意外な少額に私は犯人像を絞り込めなくなっていた。

その年はいつになく雨の多い夏であった。

一週間後、静岡県富士宮市の富士川で、かなり腐乱した全裸に近い浮遊死体が発見され、指紋、歯形の照合から誘拐されたＯＬであることが判明した。

報道協定によって公表されなかった事件が解除となり、新聞、テレビは連日大々的にこのニュースを流しはじめた。

私も各テレビ局のワイドショーに出演し、コメントを求められた。警察は早くから容疑者をマークしていたようであった。

事件発生から二週間後、追いつめられた犯人は、友人に付き添われて警察に出頭、逮捕された。

仕事上の借金や遊興費がかさみ、誘拐を計画したのであった。

犯人は車に乗せた彼女を、不在で空家になっていた愛人宅に監禁しようと試みたが、うまくいかずあきらめた。計画を変更せざるを得なくなった。

再び車を走らせたが、行き先が定まっていないので、そのうちにおかしいことに気づかれ、

「車を止めて!!　降ろして!!」

と騒ぎ出されてしまった。

犯人は日没を待っていたのである。

人里離れた富士川沿いの堤に車を進入させ、エンジンを切りライトを消した。まっ暗闇《くらやみ》であった。

助手席の彼女を押し倒し、鼻口部にタオルを当てて馬のりになり、押え込んだ。彼女は足をバタつかせ、顔を左右にふり、犯人の顔を爪《つめ》でひっかいた。

それから二週間後、犯人が逮捕されたときの顔のアップが、カラーで雑誌にのっていた。見ると右前額部に縦に、一本の治りかけた線状擦過傷痕《こん》が見える。ひっかき傷である。

加害者と被害者は一対一だから、このような抵抗を受けたのだ。写真を見て私は、単独犯だと確信した。

話をもとに戻すが、そのうちに彼女はぐったりして静かになった。死体をトランクに隠した。

それからの行動は急にメチャクチャになってしまった。

なぜ富士川に死体を投棄したのか。

国道沿いで車の往来もはげしいし、昼間は釣り人も多いので発見される確率は高い。

綿密な計画が、ある時点で突然杜撰《ずさん》きわまりない行動に一転する。

事件の流れを詳細に観察していくと、よくこのような変化を見つけることがある。予想外のアクシデントが起こったと私は考える。

犯罪を計画するとき、犯人は頭の中で、ここはこうやれば完全犯罪ができるだろうと、くりかえし考える。だが、いざ実行してみると、頭の中で考えたとおりに事は運ばない。思いもよらぬハプニングが起こってくると、それに対応するだけの余裕が心にないから、あわてふためいて、いきあたりばったりになってくる。

甲府盆地は二〜三十分も走れば、山の中である。そこに穴を掘って埋めればいいと思うのだが、なぜか遺体を川に捨てている。

報道関係者によく質問される。

犯人が死体を捨てたり隠蔽《いんぺい》したりする場所が、なぜ川であったり海や山であるのかと。これは犯人に聞かないと、本当のところはわからないし、またケースバイケースで違うのだが、共通していえることは、殺害した死体から離れたいということである。そうしないと自分の気持ちが落ち着かないのだ。だから犯人はできるだけ遠くへ捨てに行く。

平成六年十月に起こった、つくばの妻子殺害事件もそうであった。

つくばの自宅で殺害したのに、遺体はなぜか遠くの横浜港に捨てたのである。

犯人はつくばで生まれ育っているから、その地域は詳しく知っている。たとえば遺体を車で、つくばの山中に運ぶとする。車を停めた場所から遺体は重いから、十〜二十メートルしか運べない。そこに穴を掘って埋め隠せるような場所は、つくばにはない。だから山で育った犯人は、海に捨てれば太平洋という広いエリア、どこかへ流れていってわからなくなるだろう、そのほうが安全だと思い、海へ捨てに行く。ところが海で育った犯人は、かなり沖合いに死体を捨てても、時化《しけ》や海流の関係で波打ち際へ打ち寄せられることを知っている。

海で育った犯人は、山へ捨てに行く。知っているところより、知らないところのほうが安全だと思う人間の心理。おもしろいものだと、事件を通して私は感ずる。

ＯＬ誘拐事件も同じであった。

犯人の供述によって、事件の全貌《ぜんぼう》はほぼ明らかになった。

車中で殺害したとき、尿失禁がありシートがぬれ、犯人のズボンもぬれてしまった。思いもよらぬハプニングに犯人は驚き、あわてた。シートをふき、車中の彼女の指紋なども一緒にふきとって、自分のズボンもはきかえている。消臭剤で車内の悪臭を消さなければならない等々、計算外の事態に頭の中はパニックになっただろう。

頭の整理がつかぬまま、山育ちの犯人は遺体を海に捨てようと思った。夢中で車を走らせた。

夜の十時頃である。

富士川沿いの国道を五十キロ走って静岡県に入り、太平洋に近づいたころ、前方にパトカーの赤燈が点滅しているのが、眼に入った。酔っぱらい運転の検問でもしていたのだろうが、驚いてUターンし、なぜか犯行現場まで戻って来て、川に遺体を投棄したのである。雨で増水しているから、海まで流れていくだろうと考えたようである。それならば河口に近いところから捨てればよいと思うのだが、そこがおもしろいところである。

尿失禁やパトカーなど思いもよらぬアクシデントの出現により、頭の中がパニックになって、場当たり的行動になってしまった。

誘拐までの手順は実に見事であったが、殺害後の行動はメチャクチャで、やはりあわてふためき、精神錯乱状態になったためであろうと思われる。

また遺体はかなり腐乱し、五十キロもの長い距離を漂流してきたわりには、外傷はあまりなかったというのである。

現地を取材してみると、中州や浅瀬も多く一〜二メートルの落差のある場所や急流もあって、曲がりくねった川筋だから、無傷でたどり着くはずはない。死後の損傷があってしかるべきだ。本当に無傷であれば、発見場所から一〜二キロ上流から死体を投棄した可能性もあると考えたが、犯人の供述に間違いがないことがわかった。

教科書どおりにならないところが、法医学のむずかしいところであり、またおもしろいところでもある。

さらに全裸に近い状態であったというので、性的暴行の可能性も考えられないかと質問されたが、長い距離を川の流れにもまれると、着衣は脱げてしまうことが多いと答えた。取り調べの結果にも暴行の事実はなかった。

東京都の監察医を長くやっていたせいか、職務に関係のない地方の事件であっても興味を覚え、現場の状況、死体所見、死因など新聞情報を読み、検討して、犯人像を推理したりする。そんなことが好きになっていた。

謎解《なぞと》きの糸口が見えないときには、自分が犯人になったつもりで、知り得た情報をもとに、頭の中で現場を再現し、被害者をどのように殺害したかをイメージしてみたりすると、意外に見えてくることがある。

気軽に考えているうちはよいのだが、わからぬ犯人像を追い求めているうちに、つい専門的になりすぎて、むずかしく考えると、かえってわからなくなるものである。

ところが犯人は素人で、完全犯罪を成功させようと、合理的に深く考えてやっているケースは少ない。ほとんどは場当たり的である。それがいかにも大胆不敵で、敵をあざむくための作戦のように見えたりする。

つかまえてみると、大山鳴動して鼠《ねずみ》一匹ということが多い。

事件にはそれぞれ個性があり、人間臭さが強くこびりついている。

20　浅知恵

ノンフィクションとはいえ事件ものを書いていると、犯人に真似される心配はないかとよく質問される。

しかし、私はそうは思わない。

事実現職のとき、犯人が推理小説に赤線をひき熟読して、そっくり真似したような事件を何度か経験している。

あるいは新聞などに、新しい手口の犯罪が掲載されたりすると、類似の犯罪が増えるという。

これらはあくまで真似であるから、上手に真似たとしても、そのとおりに事は運ばない。

たとえば、真似した犯行の途中で、遠くからピーポ、ピーポとパトカーのサイレンが聞こえたりすると、一瞬驚き犯人は身をひそめる。その精神的動揺が、犯行の手順を狂わせてしまうこともある。

また、犯行前にくりかえし頭の中で予行演習をしたが、いざ実行してみると、相手方が思いもよらぬ反応を示して、筋書きどおりにいかないこともある。予定が突然狂ってしまうと、心に余裕がないから、あせって対応がメチャメチャになってしまうこともある。真似は所詮《しょせん》真似でしかなく、どこかに尻尾《しっぽ》を出しているのが、専門家の眼には見えてくるから、心配はしていない。

犯人は殺人を隠すため、散乱した現場を整えて、あたかも病死のように偽装することはできる。しかし、死体そのものを偽装工作することはできない。

一人暮らしの老女が、布団の中で死んでいた。

木造二階建てのアパートの一室に住み、残る七部屋を貸していた。発見者はアパートの住人である。近くに住む老女の妹に連絡がとられた。

老女は、ふだんから病弱で医者通いをしていたので、かかりつけの医師が呼ばれた。十日ぐらい前に診察を受けに来たときは元気でしたから、たぶん病気の発作でしょうが、念のため警察へ届けたほうがよいでしょう。医師はそういって帰った。

間もなく警察が調べにやってきた。

寝姿に乱れはなく、室内も荒らされた様子はない。昨夜の死亡と思われた。鑑識係はその様子をカメラに収めるため、部屋の隅に立った。靴下が濡《ぬ》れた。

「係長!! 畳がぬれていますよ」

「お茶でもこぼしたのだろう」

係長は、そういいながら、手のひらで畳を触った。

顔にうっ血がみられたが、結局のところ事件性はなく、心臓発作の病死と判断された。それから四〜五時間経った夕方、後片づけをしていた妹が、預金通帳や印鑑がないことに気づき警察に連絡した。警察はあわてて捜査をやり直すことになった。

顔面の軽度のうっ血と眼瞼《がんけん》結膜下にわずかに溢血点《いっけつてん》がみられ、急病死あるいは窒息死の可能性も考えられ、遺体は犯罪を前提とした司法解剖に付されることになった。

ぬれた畳のへりも剝《は》ぎ取られ、検査に回された。

その夜遅く帰宅したアパートの住人の一人である中年の男が重要参考人として調べを受けることになった。

男は「知らない」「関係ない」としらを切っていたが、畳がぬれていたこと、男の部屋からぬれたズボンが発見されたこと、またその日のうちに老女の預金が引き出されていたことなどを追及され、ついに白状した。

家賃の滞納で家主の老女に厳しく催促され、カーッとなって殺害。騒がれてはならないと、老女を押し倒し、顔に座布団を押しあてて馬のりになり、布団の上から顔を強く手で圧迫したら、ぐったりして死んだようだった。現金や預金通帳などを盗み、部屋を出ようとしたら、自分のズボンがぬれているのに気がついた。

死亡時に老女が失禁したのだ。尿は畳にしみ込んだ。早速服を脱がせ寝巻きに着替えさせて、布団に寝かせた。そうすればただの病死にみられ、事件にはならないだろうと思い、偽装工作をしたのであった。

雑巾《ぞうきん》で畳を拭《ふ》き、老女の着衣は丸めて洗濯機の中に押し込んだ。犯人は自分の部屋に戻り、ズボンをはき替えて家を飛び出した。

警察は畳と老女の着衣から尿斑の検査をし、さらに男の部屋のズボンも押収して犯行の裏付けをとるべく、素早い対応をしていた。

尿斑の検査では、尿道、膀胱《ぼうこう》、腎臓《じんぞう》などの上皮細胞を顕微鏡で見ることができる。そこから、DNA鑑定も可能である。さらには尿素、尿酸などの検出もできるのである。

おしっことはいえ、科学捜査には重要な資料となる。

この事件は、布団の中で寝姿で死亡していれば病死のように見えるので、窒息死させてから様子を整えたのである。

状況の中から死因をピックアップすれば、犯人の思う壺《つぼ》に誘導されてしまう。

専門家は状況にとらわれず、死因を死体所見の中からピックアップするので、たとえ寝姿であっても、窒息死の事実がわかるのである。

現場の状況を軽視しているのではない。

死体所見と状況が一致しないケースには、嘘《うそ》が隠されていることがある。

また、殺害後、死体を隠蔽《いんぺい》するのは容易なことではない。

よくあるケースとして、死体を深い湖や海に投棄すれば、水底に沈んで犯行をくらますことができると考えて、実行する犯人がいる。

しかし、殺害後水中に投棄したのでは、死体は水に沈まない。なぜならば、肺にはたくさんの空気が入って浮袋になっているからだが、そこまで知らなくても、確実に沈めようと死体に錘《おもり》をつけて沈めることはある。

石やコンクリートブロックなどをつけ、沈ませる。ある程度の時間は沈んでいるが、永久に沈んだままというわけにはいかない。やがてからだが腐り、腐敗ガスが充満すると、土左衛門という形で、巨人様化してくる。すると、もはや錘は錘の役をなさず、死体は錘をつけたまま軽がると水面に浮き上がってくる。そこまで知っている犯人はいないから、結局事件は発覚してしまう。

私は法医学が専門であり、その中でも溺死《できし》の研究が主であるから、どのくらい錘をつければ、死体が腐っても浮き上がらないか知っている。もちろん教えられない。

遺体と錘の重さをプラスすると、永久に沈ませるためにはかなりの重さになるので、一人ではできない。単独犯か、複数犯かはすぐわかってしまう。

また強力な錘をつけ、発見されてもわからないようにと、死体を箱に入れてコンクリートを流し込み封入した事件もあった。ダンプカーをつかって岸壁から港内に沈めたのだが、結局は発覚してしまった。

数年前には医師が妻子を殺害し、海に投棄した事件があった。

犯人は医者だから、学生時代に法医学を学んでおり、ある程度のことは知っている。だから錘をつけたのだろうが、腐敗するとどうなるかまでは頭が回らず、知らなかったのだろう。

この計算違いが、発見の糸口になっている。

停泊中の船内でけんかがあり、相手を殺してしまった。真夜中のことである。

犯人は廃棄処分にする壊れた古い冷蔵庫に死体を縛りつけて、東京湾に投棄した。

冷蔵庫は重いから沈むだろうと実行したのだが、翌朝東京湾に浮遊する冷蔵庫が発見された。なんとこれに遺体が縛りつけられていたのである。

たしかに冷蔵庫は重いのだが、水には浮く。

冷蔵庫は、外気を遮断し一定の温度を保たなければならないから、壁は二重構造になっていて間に空気が入っている。だから、空気中では重いが、水には浮くのである。

笑い話のような本当の事件はほかにもたくさんある。

それにしても専門家をあざむくことはできない。

21 銃犯罪

名古屋のある銀行の支店長が、自宅マンションの玄関前で射殺された。それから十か月後、今度は東京の八王子のスーパーで、女店員とアルバイトの女子高校生二人が、事務所内で強盗に襲われ、射殺される事件が起こった。

いずれの場合も銃で頭を撃たれ、銃声を聞いてすぐに駆けつけたが、犯人の姿はなく被害者は死亡していた。

諸外国に比べれば、わが国の銃犯罪はきわめて少ないが、最近は増加の傾向を示している。

かつて医師も銃創を見たことがなかったから、丸く小さい穴を診《み》て、キリによる刺創と誤診し、事件の解決を遅らせたこともあった。

また銃で頭を撃てば、即死すると思っているだろうが、必ずしもそうではない。

からだを客観的に観察すると、自分の思いどおりに動かせる神経系（随意神経、つまり動物神経ともいい、脳脊髄《せきずい》神経を支配する）と、思いどおりに動かせない神経系（不随意神経、つまり植物神経ともいい、自律神経を支配する）があることがわかる。

自分の意志どおりに自由に行動できるのは、動物神経系を操って行動しているからである。しかし、眠ってしまい意識不明になっても、心臓は止まることなく拍動し、呼吸も消化吸収も行われている。この無意識の行動が植物神経系（自律神経）の働きである。

この二つの神経支配によって、からだはコントロールされているが、脳を機能的に分類すると、脳幹と終脳に分けられる。

脳を棒アメにたとえれば、アメにとり囲まれた棒の部分が脳幹（三〇パーセント）で、アメの部分が終脳（七〇パーセント）ということになる。

脳幹には植物神経系（自律神経）の中枢があり、ここから末梢《まっしょう》にむかって神経線維が伸びていき、平滑筋（不随意筋）からなる血管壁、消化管壁あるいは心筋、臓器などに分布して、オートマチックにこれらをコントロールしている。

一方、終脳には動物神経系（脳脊髄神経）の中枢があって、ここから末梢にむかって神経線維が伸びていき、骨格筋（随意筋）に分布し、自分の思いどおりに手足を動かす。

つまり覚醒《かくせい》しているときには、終脳支配で随意筋を動かして行動するが、意識不明になって眠っているときは、脳幹支配で不随意的に血液循環、呼吸、消化器系などをオートマチックに動かし、生活を維持しているのである。

植物状態というのは、終脳にダメージを受け、意識不明で昏睡《こんすい》状態にあるが、脳幹は無傷なので呼吸、心拍動には支障なく、栄養を与えれば消化吸収して、生き続けることができる。

ちょうど植木鉢の植物のような状態をいう。

『脳死』は、脳幹にダメージを受けた場合をいう。心拍動、呼吸、消化吸収など生命維持に必要な器官に対して脳から活動せよとの指令が出ないので、放置すれば間もなく死に至る。そのため脳の指令に代わって人工心肺器を取りつけ、機械でそれを動かし延命をしている状態が『脳死』なのである。

『脳死』になってしまうと、最新医療の限りを尽くして治療を行ったとしても、もはや生の方向に戻ることはない。なぜならば、神経細胞は他の細胞と異なり再生能力がないので、一度ダメージを受けると蘇《よみがえ》ることはできないのである。

人工心肺器を装着して呼吸させ、血液を循環させると、脳を除くすべてのからだは生きつづけるが、機能を停止した脳は血液の循環を受け入れないので、脳の組織は壊死《えし》に陥り腐りはじめる。だから脳死の状態を「生きたからだに死んだ脳」と表現することもある。

医学的には死んでいる人を機械で動かしているのが『脳死』であり、延命術なのだ、とはいえ、二～三週間後には機械にも反応しなくなり、呼吸が停止し、やがて心臓も止まって死が訪れる。

これまでは脳、心、肺の機能が永久に停止した時をもって死亡としているので、生と死の境界は瞬間としてとらえられている。ところが延命術が発達し脳死という状態が発生すると、『脳死』が死のはじまりとなり、二〜三週間後に呼吸停止が生じ、やがて心臓停止が起こったときが死の終わりということになる。

瞬間としてとらえていた死に、二〜三週間という幅が生じたのである。さらに脳死の間は自分の力で心、肺が動いているのではない。セットされた人工心肺器によって動かされ、生かされているので、スイッチを切ればその時点で患者は死ぬことになる。

医学的に『脳死』は死なのである。だからその間に臓器移植が可能であろうと、専門医は考える。新しい臓器ほど移植後の定着率が高いことがわかっているから、専門医たちは、脳死と臓器移植について国民の理解と同意を得ようと努力しているのである。

しかし、人の死は医学的判断のみでよいのかというと、必ずしもそうとは限らない。あるときテレビで、母猿が死んで干からびたわが子を抱きかかえて生活しているのをみた。〝やらせ〟ではないかと、動物の専門家に尋ねたところ、母猿は死産した子はそのまま置き去りにするが、生まれてから数日後に死んだ子は、生きている子供と同じように手放さないで、共に生活しているという。

驚きと感動で、胸がつまった。

猿でさえそうなのだ、ましてや人においてをやである。

生きる者にとって、死を科学的にのみとらえることは、必ずしも十分な対応ではないことを思い知らされた。

脳死と臓器移植を容認しているアメリカの人々は、電車から降りる際、前に立っている人に、降りますからどうぞおかけくださいと席を譲るように、脳死と臓器移植をとらえているという。

「私は死ぬのです。どうぞ必要ならば、腎臓でも心臓でもお使いください」と。病める人の気持ちを十分理解しているからであろう。

しかし、われわれ日本人には、そこまでフランクに命をとらえることはできないであろうし、脳死と臓器移植は日本人にはなじみにくいという国民性（感情）があるように思える。

脳死は、外見上は意識不明で植物状態と変わりないように見えるが、解剖生理学的にはまったく別の状態である。

銃で頭を撃たれ、弾丸が終脳をよぎれば意識を失うが、即死には至らない。何日かは生きられる。しかし脳幹をよぎれば心拍動、呼吸停止が起こって、ほぼ即死状態になる。銃声を聞き数分後に駆けつけたが、被害者はすでに死亡していたというのは、どこを撃てば死ぬかを知っている銃の使い手の犯行と考えられる。

とくに八王子のスーパー強盗の場合は、売上金を奪う目的であったのだろうが、四百五十万円程度の少ない金額を奪えず、三名を射殺して逃走した。

現場でどのような事態があったのかは知る由もないが、金額から考えても三名を殺害した犯行は、間尺に合わないような気がする。

なぜ、手荒なことをしたのか。

覆面で顔を隠して押し入った犯人が、被害者に見破られて○○さんではないですかなどと名前を呼ばれたりすると、逃げてもすぐつかまってしまうことを恐れ、口封じのために殺す場合がある。あるいは、指名手配中の人物で巷《ちまた》に顔写真が掲示されているとか、犯人の顔に非常な特徴があって、一度見たら忘れないような場合も、殺される危険があるだろう。また犯人とのやりとりの中で、警察に連絡がとれているからなどと、強がりの会話があったりすると、犯人は保身の心理が働いているから、殺害することがありうるのだ。

この事件でいえる犯人像は、銃の使い手ではあるが、盗みのプロではないようだ。あるいはわれわれ日本人と死生観を異にする外国人の可能性も考えられる。

それはともかく、日常生活の中に銃器は必要としないし、平穏な生活が保たれる社会をつくるよう、国も個人も努力しなければならない。

22　骨物語

都内でもときどき白骨が発見されることがある。新築ビル工事の際に発見されることが多く、検死してみると複数人の骨であり、しかも一部は黒色に焼け焦げていることや、古さの程度などから、昭和二十年東京大空襲時の焼死体と判断され、殺人死体遺棄を想定していた警察も安堵《あんど》する。

白骨はもちろん、指一本でも人間のものであれば、人体部分検案といって警察は変死体扱いにして、監察医が検死をすることになっている。バラバラ事件の一部分ではないかと危惧《きぐ》するからである。

それならば、どこまでが人体の一部分になるのか。はっきりとした区別はない。たとえば爪《つめ》のついた指先の部分は人体の部分で、爪だけが発見された場合は、人体の部分としないなどという線引きはないのである。その指先の部分は、工場での作業中にあやまって切り落としたもので、本人が生きている場合もあるだろうし、本当にバラバラ事件の一部分であることもあるだろう。爪の場合も同じである。そう考えるとむずかしいのだが、常識的にケースバイケースで判断しているのである。

白骨はからだの軟部組織である皮膚、筋肉そして内臓までが腐敗融解して脱落し、骨だけになって山林の中から、あるいは土中から発掘されたりする。

警察は直ちに捜査を開始し、身元の確認を急ぐ。

骨の鑑定は、法医学者らに依頼することになる。

白骨はからだの残骸《ざんがい》であるが、語るべき言葉をもっている。耳を傾ければそこに、意外な物語が隠されていることがある。

鑑定人はまず、人骨か獣骨かということから検索を始める。比較的新しい骨の場合には、血清学的な検査で人骨か獣骨かの区別をつける。さらには性別、年齢、人種の別などを明らかにし、個人を特定していく。同時に死後経過時間の推定、死因の解明などを通して、事件の真相に迫っていく。

鑑定時に一体分の骨がそろっていればよいのだが、たった一本の骨の場合もあるし、さらに小さい骨のかけら（骨片）の場合もある。鑑定というものは、提示された資料からわかるものをすべて読み取り、警察の事件解明に医学的協力をするものである。

たとえば頭蓋骨《とうがいこつ》の場合は、成人男性では前頭部の額部は、ジャンプ台のような急斜面になっている場合が多く、眉毛《まゆげ》のあたりに相当する前頭部の眉弓はやや隆起し、後頭骨の隆起も突出気味になっていて、頭蓋骨全体はゴツゴツした感じである。ところが女性の頭蓋骨は、額部は切り立つ断崖《だんがい》絶壁のようにきびしい傾斜になり、いわゆるオデコさんの形状きりしている。

を呈している。眉弓の隆起はなく、のっぺらで、後頭骨の隆起もなだらかになっており、頭蓋骨全体は丸みを帯びてやさしい感じがする。このように、頭蓋骨の性差は比較的はっきりしている。

骨盤の場合、妊娠、分娩《ぶんべん》をする女性は骨盤腔が全体的に浅く、骨盤上口、下口が大きい。また左右の恥骨結合の下につくる恥骨下角は鈍角（七〇〜九〇度）で、仙骨の彎曲度は小さく、尾骨は動きやすい。男性は女性とは逆で、骨盤腔が深く、骨盤上口、下口は小さい。また恥骨下角は鋭角（五〇〜六〇度）で、仙骨の彎曲度は大きく、尾骨は動かない。このように骨盤の性差は著しい。

下顎骨《かがくこつ》でも男性は前面の頤隆起、頤結節がやや突出気味で、下顎を上から見て少しオーバーに表現すると凵型を呈している。しかし女性はやや丸みを帯びてU型である。

また、このように性差が比較的はっきりした骨でなくても、鑑定は可能である。たとえば骨一本の場合でも、骨長の計測などから、西洋人か日本人かの区別ができる研究データもあり、対比させれば日本人か西洋人か、男か女か、あるいは年齢などおおよそのことはわかってくる。ただし、日本人は戦前、戦中派の体型と戦後の豊かな時代に生まれ育った若い人たちの体型が、栄養の状態のせいで大きく違っているので、年代によって古いデータと新しいデータを使い分けなくてはならない。

また頭蓋骨が発見されたときなどは、スーパーインポーズという手法もある。頭蓋骨の主とおぼしき人の顔写真があれば、その写真と同じ方向に頭蓋骨を向けて写真を撮り、画像の大きさを同じにして、顔写真を頭蓋骨の写真と重ねあわせる。もしも顔写真に頭蓋骨の輪郭がピッタリ一致すれば、その頭蓋骨は顔写真と同一人物であるといえるのである。この手法は個人の特定にしばしば使われている。

さらに骨から死因を検索することができる場合もある。たとえば絞殺や扼殺《やくさつ》の際には、舌骨が折れたり、甲状軟骨、気管軟骨の骨折を見ることがある。だから発掘の際にはその可能性も考え、骨を破損しないようていねいに掘り出さねばならない。万が一発掘中に折ってしまうと、死因の判断を狂わすことになりかねないのである。とくに舌骨などはU字型を呈しているうえに、小さく細い骨で非常に折れやすいため、細心の注意が必要である。遺跡の発掘作業のようにしなければならない。

その他、からだの組織中には血液型物質が分泌され含まれているので、骨からでも血液型は判定できる。またあらゆる細胞の核の中には、染色体やDNAが含まれているので、骨から性別がわかるし、DNAからは多くの遺伝情報を読みとることができるのである。

ある日、年配の婦人から、田舎の本家の墓に埋葬されている夫の遺骨を、新しく自分たちが購入した東京の墓に移したいのだが力を借してほしい、と相談を受けた。

長いこと監察医をしてきたが、このような相談は初めてである。殺人事件、病気・他殺・不明の事件、轢《ひ》き逃げ事件、胎児の遺棄事件あるいは医療事故などを司法解剖したり、鑑定することはあっても、一つの墓に埋葬された複数人の遺骨の中から、特定の人の骨を選択する作業というのは、初めてであった。

手に負えないと思いながらも、とりあえず話を聞いてみることにした。

婦人は七十代半ばであったが矍鑠《かくしゃく》としていた。夫は三十八歳で肺結核でなくなったという。男の子が一人いて、もう四十代。社会に出て成功し、親のためにと東京に墓をつくってくれた。そこで田舎の本家の墓に眠っている夫の遺骨を移したいというのであった。

むずかしい。無理だからおことわりしようと思ったが、参考までにその墓にはどのような方々が、何人埋葬されているのかを聞くことにした。

亡き夫のほかに、七十代でなくなられた夫のご両親と、夫の妹さんが十四歳で病死され計四人の遺骨が納められているとのことであった。

老人と少女と三十八歳でなくなられたご主人。コントラストがはっきりしていた。

骨学的には、老人の骨は脆《もろ》く、少女の骨は軟骨組織を多く含んで未成熟である。ところが、成人男子の骨組織はしっかりと完成しているから、その識別は比較的容易であると考えて、不安はあったのだが引き受けることにした。

依頼人である老婦人と息子さんに同行して列車に乗った。海の見える小高い丘に墓地はあった。

一度埋葬した墓地を勝手に発掘することはできない。知事の許可を取り、僧侶に提示し、墓前でそれなりのセレモニーが営まれた後、墓石の下に眠る遺骨を取り出した。

火葬され、細かい骨片になっていたが、背骨の椎体や骨盤の骨の一部、大腿骨頭《だいたいこっ》など比較的かたくて丈夫な骨は、ほぼ原形をとどめて見ることができた。歯もあった。

婦人は傍《かたわ》らに黙って立って、私の作業を眺めていた。

たくさんある骨片の中から、形状のはっきりした骨を十数個選び出し、亡きご主人様のものと思われますと、手を合わせて一礼した。

婦人と息子さんも納得してくれた。

婦人は持参した骨壺《こつつぼ》に遺骨を納め終わるとそれを胸に抱き、頬《ほお》寄せて嗚咽《おえつ》した。

老婦人の心の中で、夫は生き続けていたのだろう。そして今、再会を実感したのかもしれない。

23　色風《シエクホン》

われわれが一度は経験しなくてはならない厳粛な儀式〝死〟というものが、ときとして悲しみの中におかしさを含んでやってくることがある。

ある会社の課長が、宴会を終えほろ酔い機嫌で帰宅した。風呂《ふろ》に入り就寝したのが午前零時少し前であった。それから小一時間経ったころ、突然大学生の娘と高校生の息子が母に起こされた。

「お父さんが!!　早く来て!!」

いつにない母のうろたえぶりに、子供達は眠さもすっとび、ただ困惑するばかりであった。

間もなく救急車が来た。近くの医師もかけつけ強心剤、人工呼吸を施したが間に合わなかった。どことといって悪いところもなく、医者にかかったこともない父が、突然死んでしまったのだ。驚きで涙も出ない。

母はそのときの様子を、寝ていたら急にウーンとうなり声を上げ、息絶えたと説明している。

このような元気な人の突然死は、原則として医師は死亡診断書を発行せず、警察へ変死届を出すことになっている。警察ではなぜ死に至ったかを調査する。

本当に病死なのか、それとも自殺や他殺の心配はないのかと、状況などを捜査すると同時に、変死体を専門に診《み》る監察医に検死を依頼する。いろいろな角度から調べが始まる。

会社では仕事が忙しいので疲労気味であったが、元気であったし、仕事上の行き詰まりもない。家庭も家のローンはあるにせよ、平穏な生活でトラブルなどもないらしい。

顔面はややうっ血し、眼瞼《がんけん》結膜下に溢血点《いっけつてん》が数個出現していた。ただ青酸カリのような猛毒を飲んで自殺をしても、飲まされて殺されたとしても、急死するような場合には、顔面のうっ血や眼瞼結膜下の溢血点が出現する。また病的発作の急死でも、呼吸困難から心停止になるので同様の症状は現れる。

したがって、外見から死因を特定することはできない。

死人に口なしだから、亡くなられた人の人権を擁護する意味でも、どうしても生き残りの人々に事情を詳しく話してもらわなければならない。死亡前後に居合わせた妻は、真相を知っているはずである。しかし奥歯にものがはさまったような説明で、要領を得ない。警察は奥さんに疑いを持つ。

結局このケースは、いくつかの疑問を残したまま、死因を含め真相究明のために解剖することになった。

ほっとする。

心筋梗塞《しんきんこうそく》と診断がつくのに、そう時間はかからない。他殺や自殺ではなかった。警察も

解剖終了後、監察医は警察官立ち会いで、奥さん一人を呼んで心筋梗塞であることを告げた。すると、

「申し訳ありません。実は子供や親戚《しんせき》の手前、お調べのときはっきりお答えできなかったもので」

と性行為中の急死であることを、恥ずかしげに告白した。

予感は的中していた。私どもは経験していることなので、奥さんの様子から察しはついていた。

事柄の性質上、生き残った当事者は驚きと精神的ショックに加え、恥ずかしいから事実を話したがらない。調べる方は死に立ち会っていながら明確な説明がないので、かえってあやしむことになる。

これが一般家庭での、いわゆる腹上死の経過である。

あるいは、あわてた奥さんはパンツを裏返しや前後を逆にはかせていたりするから、検死のときにわかる場合もある。

ともかく、セックスをするような元気な人が、その行為中に突然死するのは、いかにも不思議な現象である。冷静に考えれば不審、不安のある死に方でもある。

それゆえに監察医制度のある都内では、すべて変死扱いになるから、このような実態を調査することは可能であった。

状況がはっきりしているケースを集めてみると、年間十件から二十件はある。

腹上死というとわれわれは、行為中に男が女の腹の上で死ぬようなことを想像する。文字がそう思わせているから仕方がないが、そうとばかり限ったことではない。行為が終わって睡眠中、突然心臓発作を起こして急死する例が非常に多く、医学上はこれも行為に誘発されたものとして、腹上死に入れている。

昔の資料をたどってみると、語源らしいものが見つかった。

世界最古の法医学書ともいわれる、中国の『洗冤録《せんえんろく》』（一二四七年）に「作過死」という項目がある。

男子があまりにも行為が多すぎると、精気が失われて女子の身の上で死亡することがある。真偽を見分けることができる。行為中の急死は、陰茎が勃起《ぼっき》しているが、偽りの場合は萎縮《いしゅく》しているとある。

この鑑別法は一見ありそうなことで、思わずふき出してしまうが、死んでなおかつ勃起していることはない。なぜならば、死ぬと神経は麻痺《まひ》するから、からだの緊張はゆるむ。勃起していた陰茎も例外ではない。また若い男は誰でも過淫《かいん》の傾向があるだろう。だからといって、そのために死亡するものはほとんどいない。自制心があれば死なずにすんだものをと、反省をうながすような表現になっているのがおもしろい。

間違いだらけではあるが、日本の鎌倉時代に無実の罪を洗うために『洗冤録』という法医学書を出版し、学問的形式を整えていた中国の文化は、高く評価される。

同じ中国でも、東北地方あたりでは「脱陽死《トンヤンスウ》」あるいは「上馬風《シャンマーホン》」というそうである。やはり語源は、『洗冤録』からきているようだ。

ところが台湾では、「色風《シエクホン》」といいこれを「上馬風（行為中の急死）」と「下馬風（行為後の急死）」に分けている。色風とはまことに趣きのある表現である。そしてこれを上馬風と下馬風に分けるあたりは、心にくいほど事柄をよく理解し、適切な文字をあてている。これには驚きと優雅さを覚える。

腹上死という文字は、本来朝鮮半島の表現で、女子の身の上で死亡するという『洗冤録』に由来したものと思われ、朝鮮半島を経由していろいろな文化とともに、わが国にももたらされたものであろう。

英語では coition death であり、ドイツ語では Coitus tod という。直訳すればいずれも、性交死ということになる。表現の仕方がきわめてストレートである。日本では朝鮮から入ってきたと思われる用語をそのままつかっているので、女性の身の上で急死するのが性交死とばかり思っているが、そうではなく上馬風と下馬風を含めて色風（性交死）と表現するのが、医学的に正しいのである。

だから女性が死んだりすると、よく腹下死などといって笑っているが、およそナンセンスなことである。

ラブホテルの場合などは大騒ぎになることが多い。チェックアウトの時間が過ぎても帰らないので、掃除の都合もあって係が様子を見に行くと、ベッドの中で男が死んでいる。そういえば、女は夜中にそそくさとホテルを出て行った。事件だという事で捜査が開始される。最初のころは監察医も臨場したので、ラブホテルの実態をこの眼で見ることができた。なるほど一般家庭と異なり、色彩も照明もあでやかできわめて煽情的《せんじようてき》であるから、気持ちは高揚し雰囲気は盛り上がる。

感心している場合ではない。解剖の結果脳出血とか虚血性心不全と判明して、行為中の病死ということで一件落着する。事件性がなく病死でも、男を介抱していては、警察に事情聴取されるので商売あがったりになるから、女は承知の上で逃げ出すのである。

これは冗談だが、恋人との場合、死んだふりをして、彼女が介抱する人間なのか、それとも逃げ出す人間なのかを見極めるのも、彼女の愛情を知る手ではないだろうか。

あるいは、男の姿がなく女が一人で死んでいる場合もある。このようなときは売春のケースがほとんどで、金銭的なトラブルから行為後、女を殺しているので色風《シエクホン》ではない。

このように、いろいろな事例を検死したり解剖しているうちに、誰もが色風になるのではなく、条件が揃《そろ》ったときが危険であることもわかってきた。病気の突然死（内因性急死）として、世にアピールする必要性を感じたので、まとめてみることにした。

このような研究を学会に発表するには、かなりの勇気がいるものである。ふりかえれば、こんな報告をしたのは、世界中で後にも先にも私しかいない。

調査の結果を簡単に述べると、

●男に多く、女に少ない

八〇パーセント以上は男で、セックスに対する男の欲求は、爆発的であることがよくわかる。精液を貯蔵するタンクが満タンになれば体外に排出するしかない男の構造には、生物学的に、女のそれとは比べようもない激しさが潜在している。この差がそのまま比率になって現れているようである。

●死因は男は心臓死、女は脳出血が多い

男は虚血性心不全つまり、心臓の栄養血管である冠状動脈が硬化しているために、心筋《しんきん》梗塞《こうそく》の発作を生じ急死するケースが多く、また若い人の場合は急性心機能不全が多かった。

女はクモ膜下出血や脳出血が多い。

この傾向はなにも色風に限ったことではない。死因にはかなりの性差があって、男は心臓死、女は脳出血系が多いのである。

色風つまり腹上死というのは死因ではない。交通事故死、墜落死などと同じで死の状態を現す用語だ。頭部を打撲し脳挫傷《のうざしょう》を生じて死亡したとすれば、脳挫傷が死因になるのである。したがって腹上死という生々しい用語が死亡診断書に記入されることはないのでご安心あれ。

とはいえ、男子の本懐、男冥利《みょうり》につきるなどと虚勢を張ることはない。健康管理が悪かったのである。

●頻度は春に多い

芽が出て葉が出て花が咲くように、春は植物にとって躍動的である。この春の季節、われわれ人間にとっても、きわめて活動的であると同時に、内部のバランスが崩れやすい不安定な時期である。したがって色風も、この季節に多いのかもしれない。

逆に少なかったのが、秋であった。はっきりとした理由はわからないが、なんとなくわかるような気もする。

しかし最近は、真夏にミカンを食べ、冬に西瓜《すいか》を食べることもできて、季節感はなくなった。からだも同じで、水虫は夏、神経痛は冬の病気であったのだが、そんな区別も乱れている。そのためか、最近では色風も季節的かたよりはなくなっている。

●男女の年齢差は大きい

平均年齢をとってみると、男四十六歳、女三十四歳で中年層に多い。また年齢差は男が十二歳も年上になっている。

極端なケースをあげると、七十五歳のご隠居さんと三十二歳の愛人というケースがあった。年齢差は四十三歳である。年齢差が一番大きかったのは、六十九歳の商店主と二十一歳のホステスで、実に四十八歳の差があった。

ところが逆に、女が年上のケースもある。六十歳のおばあちゃんが、二十一歳の大学生とついハッスルして、おばあちゃんが急死した。クモ膜下出血であった。年齢は三十九歳も離れていた。

いずれにせよ、この年齢差が非常な刺激と興奮をよび、悪い結果を導き出しているようである。

●男女の間柄は愛人関係が多い

単純に数だけを見れば、夫婦間に多いのは当然である。しかし、色風の発生率から見れば、愛人関係での死亡率がもっとも高いことになる。

上司とOL、学生と人妻、ホステスとなじみの客、組み合わせはいろいろだが、つまるところ愛人関係である。

愛人の場合、妻とは違って開放された快楽が主体になるので、興奮の度合は高くなり、それに伴う消耗も大きくまた危険も大となる。

色風は普通の夫婦間にもみられるが、考えさせられるケースとして、長い出張から帰った夜とか、高齢になってから若い後妻を迎え、ついハッスルし過ぎたケースが目についた。

●行為と死亡までの時間

行為中の急死がもっとも多く、直後、二時間後、五時間後の順で多い。総合すると、行為中の死亡（上馬風）より行為後（下馬風）のほうがはるかに多い。

脳出血死例は行為中に発症し、死亡するまでに数時間かかっている。

心臓死例は行為中に発症急死、直後に発症急死するもの、あるいは行為後眠りに入ってから突然発症急死するようなケースが多いのである。

●行為に先立ち飲酒は禁物

善《よ》きにつけ悪しきにつけ、人間社会の中で酒の果たす役割は大きい。

色風の場合、解剖して血中アルコール濃度を検査してみると、その三割にアルコールが認められた。

飲み過ぎると心臓や血圧に悪影響を及ぼし、さらに感覚は鈍麻になって、行為自体も長びき、体力の消耗もはげしくなる。その結果、心臓に負担がかかってくる。行為に先立っての飲酒、飲み過ぎはどうみてもよくない。

●色風の頻度

病死（内因性急死）の中で、性行為に由来して発症急死したケースがどのくらいあるのか調査してみると、約一パーセントであった。思ったより少なかった。これは事柄の性質上、変死扱いにならなかったり、なったとしても犯罪性がないので詳細な検索もなされぬまま、単なる病死として扱われたケースが相当数あったためと思われる。

さらに上馬風のみをとらえ、下馬風を除外している場合もあり、色風の正確な統計はとりにくい。したがって、頻度はもっと高いはずだと私は思っている。

●解剖所見

色風された人々を解剖して、その所見をまとめてみると、死因となる病変として動脈硬化、脳動脈瘤《どうみゃくりゅう》、心肥大あるいは副腎皮質《ふくじんひしつ》菲薄《はく》、胸腺《きょうせん》残存などの変化があげられる。

このような病変をもちながら、それに気づかず健康者として日常生活を営んでいるところに、最大の原因、危険が潜んでいる。

●誰が色風になるのか。予防は

動脈硬化、脳動脈瘤、心肥大などは知らず知らずのうちに忍び寄ってくる病変なので、日常生活に支障をきたすこともなく、自分自身も周囲の人たちも気がつかない。健康体だと思っている。ところが過労や心労が続いたり、精神的な異常興奮があったり、階段を急いでかけあがったりすると、それらの病変に負担がかかり、はっきりと症状を現してくる。心臓がドキドキして不整脈が現れたり、息苦しくあるいは胸苦しくなったりして、血圧が急に高くなったりする。

このように潜在的疾患をもっている人が、普通とは多少異なる環境の変化、つまり飲酒をし、年齢差の大きい愛人を連れ、ホテルなどに入ったりすると、精神的興奮が高まっているところへ、行為という生理学的興奮と消耗がいっきに加わって、潜在的基礎疾患が発症し、死という結果がもたらされるのである。

これはなにも色風に限ったことではない。

あの電車に乗り遅れたら会社に遅刻すると、急いで階段をかけのぼり、電車に飛び乗ったとたんに急死するとか、スポーツ中の急死、あるいは近所の火事におどろいて急死するなどの実例が示すとおり、その危険性はいろいろな肉体的、精神的ショック、ストレスによって誘発されるのである。

これを予防するのは、簡単である。

各自が潜在的基礎疾患に早く気づき、治療を含めて生活態度を改めていけばよい。早期発見、早期治療によって、これらは予防できるのである。

それにしても、古女房が一番安全なのである。

24　パントマイム

出勤時間なのに起きてこない。母は娘の部屋へ起こしに行った。名を呼び、からだを揺すったが返事はない。

異変に驚き、すぐに救急車を呼んだが死亡していた。

元気な若い女性が寝姿のまま死亡しているのは、いかにも不思議なことである。不審、不安のある死に方であったから、変死扱いになったのは当然であった。

顔はややうっ血し、眼瞼《がんけん》結膜下にはわずかながら溢血点《いっけつてん》が出現していた。これは急死したときに見られる所見である。

彼女には喘息《ぜんそく》の持病があったから、もしかしたら発作を起こしての急死かもしれない。

しかし、検死だけでは明確な死因はわからない。

病死か、事件か、警察は大事をとって司法解剖することにした。

結果は窒息死と判断された。

しかし、窒息の原因は、

気管支喘息の発作（病死）
紐《ひも》で自分の首をしめた自絞死（自殺）
首を絞めて殺害された（他殺）

の三通りが考えられるが、その区別は医学上判然としないので、警察の捜査にゆだねたいというものであった。

どう展開するのか、密《ひそ》かに事件を追っていたあるテレビ局からの取材を受けた。そのような事件があったことすら、私は知らなかった。そしてそれ以上の進展も情報もないのである。しかし、コメントしなければならない。そこで窒息死を整理し、一般論を述べることにした。

まず、気管支喘息の発作による病死と考えるならば、喘息は吸気はできるが細い気管支が痙攣《けいれん》して呼気が十分できないために、呼吸困難を生じ窒息死するものである。したがって、肺は風船のようにふくらんでいなければならない。

肺の解剖所見に著明な肺気腫《はいきしゅ》があったか、そして肺にメスを入れた際、ふくらんでいた肺から空気が抜けてしぼんでしまうような所見が見られたか、この二点をレポーターに尋ねると、そのような警察発表はなかったという。

もしもそれが本当ならば、病死の可能性は否定されることになる。

次に、自殺を前提に考えると、自絞死といって自分の首に紐を巻き、両端を引っ張って自殺するケースがある。

しかしこの場合、呼吸ができずに意識不明になると手を放す。そのとき紐の結び目がゆるめば、呼吸は再開し意識を取り戻して死ねない。結び目がしまったままであれば、自殺は可能である。

そこで第一発見者はどう証言していたかが問題なので、レポーターに聞くと、普段と同じパジャマ姿で首に紐が巻かれていたなどとの話はなかったという。

それが本当ならば、自殺の線も消える。

残るは他殺である。

何者かが殺害したことになる。

「先生、その家は六人家族で、深夜他人が侵入してきて、彼女を殺害し逃亡したとは到底考えられません。東京の狭い家屋構造からいっても無理な話です」

とレポーターは反論した。それならば、

「家族の中に犯人がいることになるが」

とつっ込むと、祖父母、両親、本人、弟の六人暮らしで、取材した限りでは家族の中に犯人がいるとは考えられないというのである。

話は行き詰まった。行き詰まったら、わかっている事実からさかのぼって、考え直せばよい。

彼女は死んでいる。

窒息死したことも事実である。これが原点である。状況にまどわされてはならない。状況を参考にはするが、それを主体に考えていくと、犯人の思う壺《つぼ》に誘導されてしまう。あくまでも死体所見を中心に考えれば、真相にたどりつく。

事実を観察して、死体が何を語りかけているのかを聞き取れればよいのである。

気管支喘息の病死と、自絞死の事実は否定されたのだから、残るは他殺しかない。

状況がどうであろうと、このケースは窒息による殺人事件であるとコメントして、テレビの取材は終わった。

一か月後、犯人逮捕の報道が流れた。

一方的に彼女を慕っていた中年男が、彼女に冷たくされたために、大胆にも彼女の家に侵入し、布団の上から馬乗りになって、両手で首を圧迫して殺害したと供述したのである。襖《ふすま》一つで隔てられた隣室に家人はいたのだが、熟睡していたのかまったく気がつかなかったという。

ストーカーとでもいうのだろうか。殺人事件としては、珍しいケースであった。

予想は的中した。

状況にこだわらず、死体所見を主体に真相に迫っていったからである。

監察医の仕事は、パントマイムに似ているような気がする。

平坦な舞台で道具は何一つないのだが、階段を昇り降りしたり、鏡をふいたりする。

からだの動き、演技によって見えない情景を見せてしまうからである。

ものいわぬ死体を丹念に観察していくと、死者の発する言葉が聞こえてくる。つまり見えない事実が見えてくるのである。

死体は正にパントマイムを、演じているのである。

しかし、死者の言葉は誰にも聞こえるというものではない。

医者であっても、法医学を学び、さらに検死、解剖の実務をつんだ監察医でなければ聞きとることはできない。

医師は生者の命をサポートするのが使命なのに、すでに死して治療の必要のない死者に関わるのが監察医である。だから医師になって監察医になる者は少ない。

しかし、社会にとってこの死体のお医者さんは、なくてはならない職種である。

25 タンク山事件

テレビ局から、電話が入った。

神戸の中学校正門前に、人間の首が放置されているというショッキングな事件が発生したので、われわれの取材に同行してほしいというのであった。

平成九年五月二十七日、午前九時ごろのことである。

早朝から申し訳ありませんが、都合をつけていただけませんかと、一方的な話であったが、緊迫感があったし、私も事件の内容をじかに見てみたい気持ちもあったから、スケジュールを調整するので少し待ってほしい、すぐ返事をすると電話を切った。

予定された会議を欠席にしてもらい、学校の講義は後日に変更することができたので、昼ごろの新幹線で神戸に出発することができた。

その前日は日帰りで、高知地方裁判所で民事事件の鑑定人として意見を述べ、夜遅く帰ってきたところである。昔ではとても考えられないことだったが、鉄道や航空機の発達でいとも簡単に国内は往来することが可能になった。この便利さに比べ、事件は裁判にしろ殺人事件にしろ旧態依然としており、人間のエゴがむき出しになって、ドロ臭さから一歩も脱却していない。新幹線と膝栗毛《ひざくりげ》が同居しているような滑稽《こっけい》さを感じながら、リクライニング・シートに身をまかせ、少ない情報をもとに、事件の背景などを考えていた。それも束の間、車中携帯電話がひっきりなしにかかってくる。各テレビ局の取材の申し入れや、新聞記者からのコメント要請などであった。

午後三時には、報道関係の車でごったがえす神戸の中学校正門前に到着した。そのころ、近くの通称タンク山の頂上付近にあるケーブル基地内で胴体部分が発見されていた。

正門前も、タンク山入口もロープが張りめぐらされ、警察関係者以外は立ち入り禁止で、近づくことは出来ない。

二か月前にもこの地域で、連続通り魔事件が二件発生していた。一人はハンマーのようなもので頭を殴られ、もう一人は刃物で刺されている。いずれも小学生の女児で、一人は死亡、もう一人は重傷であった。目撃証言では若い男だったというが、まだ犯人逮捕に至っていない。

またこの地域には、猫や鳩の死骸《しがい》が数多く見つかり、中学校の正門前では猫の死骸や切断された猫の足などが発見されるなど、不気味な事件が相次いで起こっていた。

太陽の直射にさらされながら、現地を歩き取材していると、疲れるが事件が実感としてとらえられ、解説するのに必要な事柄やイメージが膨らんでくる。

校門前、タンク山の入口、連続通り魔事件の現場などを背景に、テレビの実況中継をしたり、解説を録画どりしたりするので、テレビ局の数名のスタッフは大忙しである。

従来のバラバラ事件というのは、加害者と被害者が顔見知りであるから、死体が発見されたときに、身元がわからないようにと、死体をバラバラに細かく切り刻むものである。陰部や乳房まで切り取って、性別もわからぬようにする。

一見、残忍で怨恨のからんだ変質者の犯行のように思われるが、実はそうではないのである。バラバラにすれば、運びやすいし、捨てやすい。事件が発覚し警察が死体を集めてきても、男か女かどこの誰だかわからない。身元がわからなければ、犯人である自分に捜査は及ばない。かくれみのとして、保身の心理のために、犯人は殺害後死体をバラすのである。

ところが本件は、頸部《けいぶ》を切断して顔を校門前にさらし、挑戦状を添えて、社会に自分の不満をアピールしたのである。

被害者の身元ははじめから判明している。

小学校六年生。十一歳のA君である。しかしA君の周辺を捜査しても、犯人である自分にたどりつくことは出来ないという自信があるから、犯人は大胆にも被害者をさらすような行動をとったのである。一般的には、そう考えることができる。

その意味でこの事件は、オウム事件とともに犯罪史上に残る事件であろうと思う。

したがって、犯人を特定するのにかなりの時間がかかるだろうと、推理した。

猫や鳩の事件を含めると、限られた狭い地域に、しかも短い期間に連続して生じた凶悪な犯罪は、関連性があるだろうと私の眼には映った。

動物から少女へと対象をかえて襲い、そして今回の頸部切断へと、事件はエスカレートしていったように思えるのである。鳩や猫とはいえ、生きている動物を殺せる人間は、そうざらにはいない。やはり関連性は高いだろうと考えた。

しかし、事件の内容を検討してみると、二件の通り魔事件はゆきずりの犯行のようであり、また覚せい剤中毒などの場合には幻視・幻聴など被害妄想があって、無関係の通行人を見て、自分を襲ってくると思いこみ、先手をとって殺傷するなどの行動をとることがある。そんな部類の事件のようにも思えてくる。

ところが今回の頸部切断事件は、司法解剖後の警察発表によると、死因は扼殺《やくさつ》でその他に外傷はないというものであったから、犯人が大の大人だとすれば十一歳の少年を無抵抗に殺すことは可能である。しかも性犯罪の様相はなく、少年に対する怨恨《えんこん》もなさそうだ。結局、自分の不満を世にアピールするための手段として、この事件を起こしたようである。計画性が感じられる。連続通り魔事件とは、動機、背景が違うので、犯人は別人のようにも思えてくるのである。

事実は一つなのだが、見方、考え方によっていくつもの解釈が成り立ってくる。多角的に考え読みとる必要があるので、解説はむずかしい。

犯人の心の動きなどを分析する精神医学は、私の専門ではない。法医学が専門であるから、形として現れた死体所見をもとに、事件を考察し、組み立てるのである。

殺害方法は扼殺、つまり手で首を絞めて殺害したものであった。凶器は犯人の手指であるから、被害者は抵抗して犯人の手指や顔をひっかいたりすることが多い。

絞殺は、紐などを首に巻き絞めるので、索条物という凶器が必要となる。そして被害者は息苦しいから、紐の下に自分の指を入れ息をしようと努力する。そのため自分の爪《つめ》で自分の頸部をひっかく防御創ができることが多い。

法医学的には同じ窒息死であるが、扼殺と絞殺は大違いである。死因は扼頸による窒息（他殺）であった。もしかすると被害者の爪に、犯人の皮膚組織あるいは血液などが付着しているかもしれないと期待した。

また殺害時間も問題になっていた。

A君の胃内には昼食のカレーライスが未消化のまま多量に残っていたというので、食後間もない時間に殺害されたと推定された。

食べたものは、二〜三十分すると徐々に十二指腸に移送される。そのとき肝臓でつくられた黄色い色素胆汁が胆のうにたまっているが、消化液である胆汁は十二指腸に流出し、通過中の食物に混入する。白いご飯を食べても、黄色い便が出るのはこのためである。したがって食後二〜三十分すると、胆のう内の胆汁は減少しはじめ、一〜二時間経つと胆のう内胆汁は空となる。胃内容がなくなると、次の食事に対処すべく、胆のう内には胆汁が少しずつたまってくる。つまり空腹時には胆のう内胆汁は、満タンになっている。

このように胃内容と胆のう内胆汁量は相関関係にあるので、その量を警察発表の際に質問して聞き出せると、殺害時間をもう少し限定して推定できるのだが、そこまで勉強し質問した記者はいなかったようである。

この事件はあまりにも残酷な事件であったから、その他のテレビ局と計三回も神戸を探索し、放送するはめになった。

そのときには、タンク山の捜査も終わり、一般に開放されていた。実際に歩いて登り、胴体が発見されたケーブル基地周辺を観察したが、自動車が入れる道からケーブル基地までは、目と鼻の先であるものの、険しい傾斜の崖《がけ》になっている。また迂回路《うかいろ》があるが、草木が繁って身をかがめないと歩けないなど、死体をかついで登るのはきわめて困難であることがわかった。

さらに被害者のからだに、アリが噛《か》んだキズが散在していたり、死斑《しはん》が背面に固定していたなど、細かい所見がわかってきた。

これらのことを総合すると、殺害場所はタンク山ケーブル基地周辺であることが読みとれる。

扼殺後背中を下にした仰臥位《ぎょうがい》で、半日以上放置したから、体内の血液は重力の方向に下垂し、背面に死斑が出現し、ほぼ固定された状態になっていた。

つまり犯人は昼食後外出したA君と出合い、すぐタンク山に誘い出し、ケーブル基地周辺で扼殺後、死体を山中に放置していったん自宅に帰り、一夜明けた早朝、頸部切断に必要な刃物やノコギリなどを持参し、再び山に入ったものと推定できる。

なにか場当たり的行動のようにも思えてくる。

ケーブル基地周辺の繁みの中で頸部を切断したが、その際体内の血液は死斑となって、背面にほぼ固定された状態であったから、流血は少なかったものと思われる。

警察は血痕《けっこん》検出法としてルミノール反応を行ったが、ケーブル基地内にあまり強い反応はなかったと発表した。またA君のはいていた靴からタンク山の土砂は検出されなかったとの情報もあり、A君は誘拐《ゆうかい》された際、自動車にのせられ、車中であるいは犯人の自宅などで殺害され、頸部切断後、遺体をタンク山に運び遺棄した可能性があるなどの解説や憶測が流れた。さらには黒い乗用車、黒いビニール袋をかかえた男の目撃情報もあって、事件とのかかわりが強い印象で報道されていた。

しかし私は、いつもそうなのだが、そのような状況にまどわされることはない。長い自分自身の体験から、法医学は死体所見を丹念に観察することであり、そうすればものいわぬ死体が真実を語り出すものである。その声を聞くことに専念する。状況はあくまでも参考程度である。捜査状況と死体所見が一致すれば、間違いのない事実であるが、両者の間に矛盾があれば、どこかに読み違い、誤りがあると判断する。

常にこのような考えを基本にしている。だから本件も、殺害後、死体をあちこちと移動させ、また頸部切断後胴体部分をタンク山に運び、遺棄したなどとは考えなかった。もしそうであるならば、死斑は背中に固定されることはないのである。また頸部切断も、死斑が固定されてから行ったので、現場の流血は少量であったのだ。

犯人がそこまで知って、計算ずくでやったとは考えにくい。

このような死体所見から、殺害場所はタンク山ケーブル基地周辺以外にないと、判断したのである。感じとしていっているのではなく、死体所見という事実をふまえて考察しているのである。

死体所見から、わかることはまだまだたくさんある。

五月二十七日午前六時四十分ごろ、中学校正門前で発見された頭部は、やや腐敗がみられたが、タンク山で発見された胴体部分には腐敗はなかったという。この事実からタンク山で切断した頭部は、ビニール袋などに包み、通風のよくない温暖な自宅、あるいは車のトランクなどに保管していた可能性がある。ところが胴体部分はタンク山の頂上に近い場所で、通風がよく縁の下の冷暗所という条件もあって、腐敗の進行は少なかったと考えられる。

またA君の口の中にあった挑戦状は、赤い文字で、「酒鬼薔薇《さかきばら》聖斗」「ボクを止めてみたまえ」「ボクは人を殺すのが愉快でたまらない」などと書かれてあった。

殺人を楽しんでいる異常な凶悪犯とも受けとられ、サケ、オニ、バラ、セイトとはいったい何だろうと、挑戦状の分析がはじまった。

頭部を校門にさらし、すごみのある挑戦状が添えてあるから、誰もが不気味で残忍な犯人像を想像する。さらには校門の高いコンクリート塀に、A君の頭部をさらすなどの作業をしているので、少なくとも一七〇センチ以上の長身者であり、挑戦状も学校、警察、社会に対する不満を爆発させているので、三十代前半の鬼のような恐ろしい男性が犯人像として浮かんでくる。

しかし連続して起こった事件も、同一犯と考えるならば、子供という弱者しか襲っていないので、あるいは小心者なのかもしれないと感じたのは、私一人ではないはずだ。

そして六月六日、神戸新聞社に送られた声明文がオープンになった。読んでみると、自分はサカキバラでこれをオニバラと読み違えるのはこの上なく愚弄《ぐろう》な行為で、今後一度でもボクの名を読み違えたら、一週間に三つの野菜を壊します。ボクが子供しか殺せない幼稚な犯罪者と思ったら、大間違いである。さらに義務教育、社会への復讐《ふくしゅう》を臭わせ、殺しをしている時間だけは、日頃の憎悪から解放され、安らぎを得、人の痛みのみがボクの痛みを和《やわ》らげる事ができる。ボクには一人の人間を二度殺す能力が備わっている、と結んでいる。

自分を理解してくれないものに異常なほどの怒りを現し、すごみをきかせた文面である。このような声明文から、学生時代のみならず、社会に出てからもかなりの差別や屈辱と挫《ざ》折《せつ》を味わい、屈折した人生観の持ち主で、三十代前半の男性が犯人であろうと私は考えた。

誰だって自分を理解してくれなかったり、プライドを傷つけられればいやな思いにかられるだろう。しかし一般的には程度の差こそあれ、理性の中で処理できるものであるが、ときには自制できず怒りが爆発する場合もあるかもしれない。それにしても、このケースは異常である。

少年時代の反抗期であれば、それが怨恨、復讐となって対象である学校の先生、いじめっ子あるいは親などに攻撃を加えるケースもある。誰にも攻撃できない場合、自分で自分の命を絶つ、自殺行動にでるのである。

しかし、このタンク山事件は特殊で、A君という弱者を利用し、殺害して校門に首をさらし、自己主張をしたのである。

限られた狭いこの街の中に、犯人はいるのだろうか。交通機関の発達したこの時代、思いもよらぬところに犯人は潜んでいる可能性もある。

捜査は膠着《こうちゃく》したまま一か月が過ぎ、長期化するだろうと思われた。

ところが六月二十八日、土曜日の夜の九時すぎ、都内のホテルで会合に出席していたら携帯電話が鳴った。

「テレビ局ですが、タンク山事件の犯人が逮捕されました」

「えっ!! 本当に。犯人は?」

と聞く間もなく、

「十四歳の中学三年生の男子なんです」

と電話の向こうでも、信じられずショックを隠せない様子で興奮している。

「えっ!! まさか」

と私も絶句した。

これからコメントをいただきに伺いたいのですが、というので一時間後自宅で待ち合わせることにした。

なぜだ。どうして十四歳なのだ。

私ばかりではなく、警察をはじめ日本中の人々が予想もしないこの犯人に驚き、ショックを感じたに違いない。

しかもA君と面識がある近所の子で、首をさらした校門は、犯人が通っている中学校であることに、さらなる驚きを覚えた。

私が推理した枠外に犯人はいたのである。

被害者と加害者が面識のある場合は、死体を隠すのが常識なのだが、このケースは首をさらした。しかも、犯人はごく近所に住んでいた。木は山に隠せ、ということを知っていたのであろうか。盗んだ木は山の中に隠せばわかりにくい。遠くの田舎に逃げ隠れするより、都会の現場の近隣にいた方がわかりにくい。そんなことを知っていたのであろうか。また子供が書いたとは思えないような挑戦状、声明文を書き、不気味さをただよわせ、自己主張をした。

さらに友人らに学校への復讐を語り、再三にわたって猫を殺していた事実がわかった。私も解説の中で、連続通り魔事件や猫のバラバラ死体の関連性に触れた際、猫や鳩を殺せるものはザラにはいないから関連性は高い、という話はしたのであるが、まさか少年の仕業とは思わなかった。

調べが進むにつれ、犯行の幼稚さが見え、計画性のない場当たり的な行動のようであった。

だから、すきだらけで犯罪の常識を越えているから、逆に大胆不敵な犯行に見え、わかりにくかったのではないだろうか。冷静に見直せば、十四歳の少年犯罪に符合する点は多い。

しかし、校門に首をさらすなどショッキングな事件であったから、まさか少年がとは考えてもみなかった。見事に裏をかかれたのである。

個人個人が集まって集団をつくり、社会生活をしている。入社して停年退職するまで平社員のまま終わる人もいれば、重役になる人もいる。集団の中では自然と優劣はつくし、差別も生じてくる。その中で、誰もがにがい体験をし、挫折をのり越えて、協調できるところで協調し合って社会生活をしているのである。

なぜ中学までの体験で差別をうけたからといって、殺人という凶悪な手段をつかい、自己主張しなければならなかったのか、理解に苦しむのである。

しかもA君でなくても、弱い者であれば誰でもよかったと、犯人は供述しているという。

十四歳の男。思春期。性的にも目覚め、人間としてどう生きるべきかを考えはじめる年代でもある。

大人は誰でも彼らと同じ少年時代を経過している。時代背景あるいは生活環境が著しく変わってきているためなのか、大人達が現代少年の気持ちを理解できないほど、彼らは病んでいるようである。

十四歳の少年の行動を刺激に対する異常な反応、すなわち精神障害として簡単に片づけられるものだろうか。

日本は今、豊かに暮らしているから、子供達はわがままに育っている。

我慢、忍耐心がない。そして親も学校も子供を叱《しか》らない。自己本意になっているから、他人の痛みはわからない。自分は大切だが、他人の命はどうでもよい。

非行に走ったからといって、ホラービデオ、過激なまんがや雑誌のせいにするのは、見当違いだ。

自分自身のキャラクターもあるだろうが、家庭も学校も、生活環境をもう一度見直し、整えて、大人はこの時代の多感な少年を育成する義務があるのではないだろうか。

単行本あとがき

最近、私のところに読者からの相談ごとが多くなった。

ある地方の市街で、早朝老人が路上に意識不明で倒れていた。近くの病院に収容され治療をうけたが、一日足らずで死亡した。

ドクターは病気の脳出血と診断した。

葬儀が終って数日後、身内の者が「そういえばおじいちゃんの手足に擦過打撲傷があったので、交通事故などのトラブルが考えられる」と、警察に相談に行ったが、当時変死の届出はなかったし、取り扱っていないから調べようがないと、相手にされなかった。

また、警察は自殺と判断しているが、そんなことは考えられない。災害事故に違いないからなんとかして欲しい、などという相談も相次いでいる。

相談に共通しているのは、葬儀が終ってから不審を訴える場合が殆《ほとん》どだということだ。

調べ直すにしても、最も必要となる遺体は火葬されて灰になっているから、真相を究明しようにも仕様がない。しかも解剖もしていないし、死体所見を記録した写真もない。あるのは受診した際のカルテとレントゲン写真ぐらいである。

真偽を考察するにも、資料が少なすぎて判断しかねる。不審を訴えるなら、葬儀の前でなければ調査、検討の仕様がないのである。

監察医制度が全国的に施行されていれば、こんなことは起こらない。不審、不安のある死に方はすべて変死扱いになり、警察の捜査が行われ、法医学の専門家である監察医が検死したり解剖したりして、死にまつわる不審を取り除き、人権を擁護し、社会秩序を維持しているのである。

しかしこの制度は五大都市（東京、横浜、名古屋、大阪、神戸）にしか施行されていない。その他の地域は警察医による検死が行われる。この警察医というのは、警察署の近くの開業医で、そこの警察官と留置人の健康管理をする臨床医である。法医学の専門家ではないから、十分な対応ができるとはいえない。

カゼをひけば内科にかかり、ケガをすれば外科へ行く。自分の命を守る上で当然の選択である。

ところが変死体の検死は、死亡して命はないし、治療の必要はないのだから、医師であれば何科の医師でもよいことになっている。矛盾はないようであるが、これは大きな誤りである。死者の生前の人権を守るためには、死体所見に精通した監察医にまかせるべきである。

死後も名医にかからなければならない。

その意味で、監察医制度は全国的でなければならないのだが、予算、人材、あるいは必要性の度合などから、実現していない。

それならばオンブズマン制度をつくるなり、法医学的相談の窓口をつくって、容易に専門医に連絡がとれ、相談ができるシステムを行政の中に設置すべきであろうと、私はことあるごとに主張しているが、具体化の動きはない。

簡単にいえば、この世の中には死体のお医者さんが必要なのである。

それにしても、今ほど命の尊さを軽視した時代はないと思っている。

日本人は今、飢餓とか戦争というような実体験がなく、平穏で豊かに暮らしている。子供達はわがままに育っているから、我慢とか忍耐心がない。加えて親も学校も子供を叱らない。自己中心的であるから、他人の痛みがわからない。だから、自分の命は大切だが、他人はどうでもよい。

そのせいかどうかはわからないが、凶悪な犯罪が増えているのも事実である。

困った世の中である。

ある作家は、作品の中で殺人が行われると、出版後にその人のために供養を行うという。小説の中に出てくる架空の殺人事件ばかりなのだが、自分のつくり出したストーリー、命というものにそれなりの責任を感じているからである。

私も多くの死を見続け、書き続けてきた。講演も多いが、その度に事件を通して、命の尊さ、いかに生きるべきかを訴えてきた。

死体シリーズ第四弾「死体検死医」も、そんな期待をこめて上梓《じょうし》したのである。

解説

永瀬隼介

初めて人間の死体を見たのは、小学三年のときだった。当時、わたしは鹿児島県の霧島山麓の小さな町に住んでいた。まだ残暑厳しい九月のある昼下がり、辺りがみるみる暗くなり、大粒の雨が降り始めた。分厚い雨雲は、空一面に垂れ込めたまま、一向に立ち去ろうとせず、小学校は臨時休校となった。

一帯は名にし負うシラス（火山灰）台地である。シラスは、水分を含むと呆れるほど脆い。臨時休校は、山間部から通学している生徒が多かったため、崖崩れを心配しての措置だった。二日経ち、三日が過ぎても、雨脚は衰えなかった。

そんなある日、暇を持て余した町場の子供たちの間で、背筋の凍るような噂が広まった。山の向こうで崖が崩れて、大人がひとり、死んでしまった。その死体は現場に置かれたままになっている、と。「見に行こや」すぐさま、意見はまとまった。なにやらスティーブン・キングの小説のようだが、子供にとって、山中に潜む死体ほど、怖く、そして興味をそそるものはない。

だが、子供たちの死体探索行は、辺りを警戒していた消防団員に見つかり、ゲンコツをくらって敢え無くジ・エンド。その夕方、新たな噂が流れてきた。「死体はいま、役場の裏庭にある」と。もの言わぬ死体が、子供たちを呼んでいた。わたしを含む、三人が町役場の裏庭に忍び込んだ。雨が地面を叩き、白く煙っていた。死体は、素っ裸だった。軒下の木の台に載せられ、仰向けに横たわっていた。まだ若い男だった。薄暗い夕暮れ、なぜか死体は青白く光って見えた。不思議と恐怖感はなく、三人で「もう魂は抜けたのかな」と話したのを覚えている。

わたしは長らく事件記者を続けてきたが、不慮の事故・事件で亡くなった死体を実際に見たのは、この少年期の体験を含めて、五指に余る程度である。

殺人事件の一報が入り、現場に駆けつけても、まず死体にお目にかかることはない。警察の手でテープが張られ、遠くから様子を窺うだけだ。もっとも、事件記者の主な仕事は、殺しまでの経緯と人間関係の取材である。勢い、殺害の様子、死体の状況は、警察発表に頼ることになる。ただし、殺しの実行犯から直接、話を聞いた経験はある。四人を惨殺した男は、こう言っていた。「包丁がね、割と簡単に入っていくんですよ。サクッ、サクッという感じだった」

こういう殺人鬼が残した死体を、隅々まで調べあげてきた上野氏の著作が、面白くなかろうはずがない。言うまでもないが、上野氏は、死体の全てを知り尽くしたプロ中のプロである。本作品『死体検視医』の冒頭三行で、自分が生きてきた世界を語り、読者を誘《いざな》う。こんな具合に。

「私は医者である。しかし、人の病気は治せない。専門が法医学だからである。変死者の検死や解剖をしたり、事件の鑑定などをする監察医を長いこととしていたので、生きた人には縁がなかった」

見事な出だしである。思わず身を乗り出してしまう。実際、内容も素晴らしい。ページを繰るうちに、優れたミステリーの短編集を読んでいるかのような錯覚にとらわれる。たとえば「首なし事件」という一編。

八月、大阪市を流れる川で釣り人が首なし死体を発見した。翌日、その場所から六〇〇メートル下流で頭部が見つかった。被害者は元ヤクザの組長である。すわ、暴力団の抗争が絡んだ殺害事件か、と騒然となったが、橋の欄干から垂れ下がったロープが発見され、事態は急転する。ロープの先端は小さな輪となっており、血液と肉片が付いていた。警察は、遺書はないが、首吊り自殺として処理した。

これに納得できない週刊誌記者が、上野氏にコメントを求める。当然である。まさか、首吊りで頭がもげるとは思えない。

だが、上野氏の推論は素人の疑問を、ものの見事に解消してしまう。

「細くて丈夫なロープを首に巻き、バンジージャンプのように四〜五メートル下に飛び下りれば、ロープは首にくい込み、筋肉の一部に断裂は起こるが、その瞬間に首が切断されるとは考えにくい。十三段の階段をのぼって、処刑される絞首刑でも、首が断裂することはない。ところが、蒸し暑い夏ならば、腐敗は早い。首の筋肉がある程度腐ってくれば、首にはかなりの体重がかかっているから、分離は容易である。私も現職のとき、夏場の首吊りでこのような頸部の離断したケースを何例か経験していることを加えた」

理路整然として、疑義を差し挟む余地が無い。プロの自信と凄みが横溢した文章である。かと思えば、法医学の限界も率直に述べてある。本書を読んで初めて知ったのだが、死亡推定時間は、経験や勘で判断しているのだという。死斑や死体硬直の程度、腐敗の進行度、体温の低下は、現場の状況、個体差によって、大きな違いが出てくるらしい。「要するに死体の置かれた環境などに支配されず、死んでからの時間的経過のみ変化していく因子を、死体の中から見つけ出せばよいのである。それができないから、経験などにたよっている。まことに心もとない限りである。検死の現場で先生、死亡推定時間はと聞かれ、往生することもある」

上野氏の実直な人柄が窺え、思わず苦笑してしまう。本書に限らず、上野氏の著作には、法医学の現状を嘆く箇所が散見する。ひとつの大学で毎年一〇〇名くらいのドクターが誕生するが、そのほとんどは臨床医になってしまう。法医学を専攻しようという人間は、一

○年間の卒業生から一人出れば良いほうらしい。なぜか？　上野氏の語り口は明快である。「せっかく医者になったのに、治療医学を捨てて死者を相手の仕事などするはずがない」
加えて、就職先は大学の研究室か、監察医などの公務員になるしかないから、臨床医に比べると、収入にも相当な差がある。病を治して、患者に喜ばれることもない。それでも、法医学の分野を選んだ上野氏は、その理由をこう書いている。

「ものいわずして死んでいった人々の人権を擁護する、死者の立場に立った法医学の魅力に取りつかれてしまったからである」

無念の死を遂げた犠牲者たちは、上野氏と出会った途端、饒舌に語り始める。上野氏は、死者たちの言葉を一言も漏らさず聞き取り、真実に一歩一歩と迫っていく。本書では、酸鼻を極める幾多の事件が紹介されるが、それでも陰鬱にならないのは、氏独特の軽妙なユーモアを交えた語り口ゆえ、だろう。

初対面の人は、必ずと言っていいほど、仕事の内容を根掘り葉掘り訊いてくるらしい。上野氏は誠実に対応したうえで、こう切り返す。「おおよそのことがわかると、変わった医者もいるものだと感心するやら、大変なお仕事ですねと同情される。そして次は、解剖したあとご飯が食べられますかと質問してくる。即座に、検死や解剖をしないと私はご飯が食べられないのですよ、と答え大笑いするのである」

また、死体を前にした想像力にも驚かされる。たとえば死体の眼球の話がある。氏は、殺人事件の犠牲者の網膜には最後に見た犯人の姿が映っている可能性がある、というのだ。「網膜にあるロドプシンという感光色素が、明るさによって結合したり、分離したりして像を感じとっている。そのロドプシンの分布をキャッチできれば、残像を取り出すことは可能である」

残念ながら実験までは至らなかったらしいが、それにしてもこの想像力の飛躍は素晴らしい。そのまま小説や映画になり得る、魅力的な題材である。

世の作家にとって、氏が長年蓄積してきた豊富な体験は羨ましい限りだろう。正直に書く。ミステリー小説を一作書いただけの新人作家であるわたしも、この本を読み進めながら、随所で歯軋りしてしまった。

焼死体の解剖を扱った「隠された死因」など、良質のミステリー小説に必要な材料のすべてが揃っている。「一軒家で一人暮らしの老人が焼死した」で始まり、以後、検死医ならではの観察力と推理がダイナミックに展開する。死体は焼死体特有の闘士型にもかかわらず、気管支粘膜に粉塵吸引の跡が無く、殺人、放火の疑いがあった。警官から死因の判定を求められ、岐路に立たされる〝私〟。過去の事例が脳裏をかすめる。最後は意外な結末に落ち着くが、長年の研究と経験に裏打ちされた推理は見事の一言である。

また、本書でもっとも多くのページを割かれている「色風《シエクホン》」は、腹上死を扱って実に読ませる。一般家庭の主婦のうろたえぶりや、戸惑う様は、読むほうが気の毒になるほど。

それでも、氏のユーモアが微苦笑を誘う。

「あわてた奥さんはパンツを裏返しや前後を逆にはかせていたりするから、検死のときにわかる場合もある」

なるほど、と思わず納得してしまうのは、プロならではの説得力だろう。

長年の検死活動で蓄積した腹上死のデータを「ふりかえれば、こんな報告をしたのは、世界中で後にも先にも私しかいない」と書きつつ公開してしまう上野氏は、なんとも懐の深い大人物である。

この作品を手に取られた方々は、是非とも、上野正彦という医学博士の魅力溢れる人間像も読み取っていただきたい。

本書は、'97年9月に小社より刊行された単行本を文庫化したものです。

死体検死医《したいけんしい》

上野正彦《うえのまさひこ》

平成12年 7月25日　初版発行
令和6年 5月15日　12版発行

発行者●山下直久

発行●株式会社KADOKAWA
〒102-8177　東京都千代田区富士見2-13-3
電話　0570-002-301（ナビダイヤル）

角川文庫 11567

印刷所●株式会社KADOKAWA
製本所●株式会社KADOKAWA

表紙画●和田三造

◎本書の無断複製（コピー、スキャン、デジタル化等）並びに無断複製物の譲渡および配信は、著作権法上での例外を除き禁じられています。また、本書を代行業者等の第三者に依頼して複製する行為は、たとえ個人や家庭内での利用であっても一切認められておりません。
◎定価はカバーに表示してあります。

●お問い合わせ
https://www.kadokawa.co.jp/（「お問い合わせ」へお進みください）
※内容によっては、お答えできない場合があります。
※サポートは日本国内のみとさせていただきます。
※Japanese text only

©Masahiko Ueno 1997　Printed in Japan

ISBN978-4-04-340004-1　C0195

角川文庫発刊に際して

角川源義

　第二次世界大戦の敗北は、軍事力の敗北であった以上に、私たちの若い文化力の敗退であった。私たちの文化が戦争に対して如何に無力であり、単なるあだ花に過ぎなかったかを、私たちは身を以て体験し痛感した。西洋近代文化の摂取にとって、明治以後八十年の歳月は決して短かすぎたとは言えない。にもかかわらず、近代文化の伝統を確立し、自由な批判と柔軟な良識に富む文化層として自らを形成することに私たちは失敗して来た。そしてこれは、各層への文化の普及滲透を任務とする出版人の責任でもあった。
　一九四五年以来、私たちは再び振出しに戻り、第一歩から踏み出すことを余儀なくされた。これは大きな不幸ではあるが、反面、これまでの混沌・未熟・歪曲の中にあった我が国の文化に秩序と確たる基礎を齎らすためには絶好の機会でもある。角川書店は、このような祖国の文化的危機にあたり、微力をも顧みず再建の礎石たるべき抱負と決意とをもって出発したが、ここに創立以来の念願を果すべく角川文庫を発刊する。これまで刊行されたあらゆる全集叢書文庫類の長所と短所とを検討し、古今東西の不朽の典籍を、良心的編集のもとに、廉価に、そして書架にふさわしい美本として、多くのひとびとに提供しようとする。しかし私たちは徒らに百科全書的な知識のジレッタントを作ることを目的とせず、あくまで祖国の文化に秩序と再建への道を示し、この文庫を角川書店の栄ある事業として、今後永久に継続発展せしめ、学芸と教養との殿堂として大成せんことを期したい。多くの読書子の愛情ある忠言と支持とによって、この希望と抱負とを完遂せしめられんことを願う。

一九四九年五月三日

角川文庫ベストセラー

死体は生きている　上野正彦

変死体を検死していくと、喋るはずのない死体が語り出す。「わたしは、本当は殺されたのだ」と、死者が、真実の言葉で生者に訴えかける！　元東京都監察医務院長が明かすノンフィクション。

霧越邸殺人事件〈完全改訂版〉(上)(下)　綾辻行人

信州の山中に建つ謎の洋館「霧越邸」。訪れた劇団「暗色天幕」の一行を迎える怪しい住人たち。邸内で発生する不可思議な現象の数々…。閉ざされた〝吹雪の山荘〟でやがて、美しき連続殺人劇の幕が上がる！

生きるヒント　全五巻　五木寛之

「歓ぶ」「惑う」「悲む」「買う」「喋る」「飾る」「知る」「占う」「働く」「歌う」。日々の何気ない動作、感情の中にこそ生きる真実がひそんでいる。日本を代表する作家からあなたへ、元気と勇気が出るメッセージ。

いまを生きるちから　五木寛之

なぜ、日本にはこれほど自殺者が多いのか。古今の日本人の名言を引きながら、我々はどう生きるべきか、苦しみ悲しみをどう受け止めるべきかを探る。「情」「悲」に生命のちからを見いだした一冊。

代償　伊岡瞬

不幸な境遇のため、遠縁の達也と暮らすことになった圭輔。新たな友人・寿人に安らぎを得たものの、魔の手は容赦なく圭輔を追いつめた。長じて弁護士となった圭輔に、収監された達也から弁護依頼が舞い込む。

角川文庫ベストセラー

本性　伊岡　瞬

他人の家庭に入り込んでは攪乱し、強請った挙句に消える正体不明の女《サトウミサキ》。別の焼死事件を追っていた刑事の下に15年前の名刺が届き、刑事たちは過去を探り始め、ミサキに迫ってゆくが……。

新装版　螺鈿迷宮　海堂　尊

「この病院、あまりにも人が死にすぎる」——終末医療の最先端施設として注目を集める桜宮病院。黒い噂のあるその病院に、東城大学の医学生・天馬が潜入した。だがそこでは、毎夜のように不審死が……。

輝天炎上　海堂　尊

碧翠院桜宮病院の事件から1年。医学生・天馬はゼミの課題で「日本の死因究明制度」を調べることに。やがて制度の矛盾に気づき始める。その頃、桜宮一族の生き残りが活動を始め……『螺鈿迷宮』の続編登場！

氷獄　海堂　尊

手術室での殺人事件として世を震撼させた「バチスタ・スキャンダル」。新人弁護士・日高正義は、その被疑者の弁護人となった。黙秘する被疑者、死刑を目指す検察。そこで日高は——。表題作を含む全4篇。

ドクター・ホワイト　千里眼のカルテ　樹林　伸

早朝の公園に、白衣一枚で現れた謎の美少女・白夜。彼女にはどんな病気も見抜く、天才的な「診断」能力が備わっていた。「症状」の陰に大病の予兆！　神の診断力をもつ少女が、医師も救えぬ命に挑む！

角川文庫ベストセラー

ドクター・ホワイト 神の診断　樹林伸

癌を治すには、手術、薬物、放射線の3大療法しか方法はないのか？　神のごとき診断力を持つ少女・白夜が、癌のメカニズムを解き明かし、根本治療に挑む！　空前の医療エンターテインメント、完結！

鬼龍　今野敏

鬼道衆の末裔として、秘密裏に依頼された「亡者祓い」を請け負う鬼龍浩一。企業で起きた不可解な事件の解決に乗り出すが……恐るべき敵の正体は？　長篇エンターテインメント。

豹変 鬼龍光一シリーズ　今野敏

世田谷の中学校で、3年生の佐田が同級生の石村を刺す事件が起きた。だが、取り調べで佐田は何かに取り憑かれたような言動をして警察署から忽然と消えてしまった――。異色コンビが活躍する長篇警察小説。

風景　瀬戸内寂聴

思いがけない安吾賞受賞とともに昔の破滅的な恋が蘇る「デスマスク」、得度を目前にして揺れた心を初めて語る「そういう一日」など、自らの体験を渾身の筆で綴る珠玉の短編集。第39回泉鏡花文学賞受賞作。

ありがとう、さようなら　瀬尾まいこ

嫌いな鯖を克服しようとがんばったり、走るのが苦手なのに駅伝大会に出場したり、生徒に結婚の心配をされたり、鍵をなくしてあたふたしたり……。「瀬尾先生」の奮闘する日常が綴られるほのぼのエッセイ。

角川文庫ベストセラー

祈りのカルテ　知念実希人

新米医師の諏訪野良太は、初期臨床研修で様々な科を回っている。内科・外科・小児科……様々な患者が抱える問題に耳を傾け、諏訪野は懸命に解決の糸口を探す。若き医師の成長を追う連作医療ミステリ！

天国の罠　堂場瞬一

ジャーナリストの広瀬隆二は、代議士の今井から娘の香奈の行方を捜してほしいと依頼される。彼女の足跡を追ううちに明らかになる男たちの影と、隠された真実とは。警察小説の旗手が描く、社会派サスペンス！

砂の家　堂場瞬一

「お父さんが出所しました」大手企業で働く健人に、弁護士から突然の電話が。20年前、母と妹を刺し殺して逮捕された父。「殺人犯の子」として絶望的な日々を送ってきた健人の前に、現れた父は――。

切り裂きジャックの告白　刑事犬養隼人　中山七里

臓器をすべてくり抜かれた死体が発見された。やがてテレビ局に犯人から声明文が届く。いったい犯人の狙いは何か。さらに第二の事件が起こり……警視庁捜査一課の犬養が執念の捜査に乗り出す！

七色の毒　刑事犬養隼人　中山七里

次々と襲いかかるどんでん返しの嵐！『切り裂きジャックの告白』の犬養隼人刑事が、〝色〟にまつわる7つの怪事件に挑む。人間の悪意をえぐり出した、傑作ミステリ集！

角川文庫ベストセラー

ハーメルンの誘拐魔
刑事犬養隼人
中山七里

少女を狙った前代未聞の連続誘拐事件。身代金は合計70億円。捜査を進めるうちに、子宮頸がんワクチンにまつわる医療業界の闇が次第に明らかになっていき——。孤高の刑事が完全犯罪に挑む！

ドクター・デスの遺産
刑事犬養隼人
中山七里

死ぬ権利を与えてくれ——。安らかな死をもたらす白衣の訪問者は、聖人か、悪魔か。警視庁VS闇の医師、極限の頭脳戦が幕を開ける。安楽死の闇と向き合った警察医療ミステリ！

脳科学捜査官 真田夏希
鳴神響一

神奈川県警初の心理職特別捜査官・真田夏希は、医師免許を持つ心理分析官。横浜のみなとみらい地区で発生した爆発事件に、編入された夏希は、そこで意外な相棒とコンビを組むことを命じられる——。

月
辺見庸

障がい者施設のベッドに〝かたまり〟として存在するきーちゃん。施設の職員で極端な浄化思想に染まっていくさとくん。2人の果てなき思惟が日本に横たわる悪意と狂気を鋭く射貫く。文学史を塗り替えた衝撃作。

孤狼《ころう》の血
柚月裕子

広島県内の所轄署に配属された新人の日岡はマル暴刑事・大上とコンビを組み金融会社社員失踪事件を追う。やがて複雑に絡み合う陰謀が明らかになっていき……男たちの生き様を克明に描いた、圧巻の警察小説。

角川文庫ベストセラー

最後の証人　柚月裕子

弁護士・佐方貞人がホテル刺殺事件を担当することに。被告人の有罪が濃厚だと思われたが、佐方は事件の裏に隠された真相を手繰り寄せていく。やがて7年前に起きたある交通事故との関連が明らかになり……。

検事の本懐　柚月裕子

連続放火事件に隠された真実を追究する「樹を見る」、東京地検特捜部を舞台にした「拳を握る」ほか、正義感あふれる執念の検事・佐方貞人が活躍する、司法ミステリ第2弾。第15回大藪春彦賞受賞作。

検事の死命　柚月裕子

電車内で痴漢を働いたとして会社員が現行犯逮捕された。容疑者は県内有数の資産家一族の婿だった。担当検事・佐方貞人に対し不起訴にするよう圧力がかかるが……。正義感あふれる男の執念を描いた、傑作ミステリー。

臨床真理　柚月裕子

臨床心理士・佐久間美帆が担当した青年・藤木司は、人の感情が色でわかる「共感覚」を持っていた……美帆は友人の警察官と共に、少女の死の真相に迫る！　著者のすべてが詰まった鮮烈なデビュー作！

凶犬の眼　柚月裕子

マル暴刑事・大上章吾の血を受け継いだ日岡秀一。広島の県北の駐在所で牙を研ぐ日岡の前に現れた最後の任侠・国光寛郎の狙いとは？　日本最大の暴力団抗争に巻き込まれた日岡の運命は？　『孤狼の血』続編！